KB131203

좋아하는 일을 계속해보겠습니다

흔들리지 · 않고 · 마음먹은 · 대로

키미앤일이
에세이

좋아하는 일을
계속해보겠습니다

흔들리지 • 않고 • 마음먹은 • 대로

가나출판사

당신의 항해에
늘 적당한 파도가 함께하길.

고맙습니다!

이 책을 손에 쥐고 이 글을 읽어 주셔서 고맙습니다.

표지가 좋았든, 제목이 좋았든, 이유야 어찌 되었든 이 책에 관심을 주셔서 고맙습니다. 마음에 새겨질 만큼 멋진 인사말이나 유려한 글솜씨로 당신을 여기에 조금 더 오래 잡아 두고 싶지만 그런 쪽으로는 재주가 없어서 안타까울 지경입니다. 재주도 없는 주제에 책을 내고야 말았습니다.

고백하자면, 이번 책은 그림을 그리는 아내의 등에 업혀 가는 모양새입니다. 지금은 이 정도가 최선이지만 언젠가 아내의 등에서 내려올 날이 오겠지요. 어찌 되었든 지금 그대에게 이 글이 읽히고 있다는 것 자체가 저에게는 감격스럽고 벅차고 감사한 일입니다.

미세하게 맺어진 이 인연이 계속해서 이어질 수도 여기서 끝날 수도 있지만, 어느 쪽이든 헛되이 되지는 않았으면 하는 게 저의 소망입니다.

프롤로그를 어떻게 쓰는 게 좋을지 며칠을 고민했습니다. 그러다 보니 당신이 이 프롤로그를 읽어 주시는 것 자체가 얼마나 감사한 일인지 알게 되었습니다.

어떤 말로 제가 느낀 행복과 감사를 전할 수 있을까요. 감사의 마음을 전하는 것에 특별할 게 따로 있나 싶어 진심을 담아 다시 인사를 올립니다.

책에 쓰여진 글은 지난 몇 년간 아내와 저의 일상을 담은 것입니다. 부산과 남해를 오고 가며, 이상과 현실의 경계를 넘나들며, 내가 살아 내고 싶은 삶은 어떤 것일지 고민하고 찾으려

했던 순간순간에 느낀 감정들의 기록입니다.

여전히 저는 어디에도 정착하지 못하고 이상도 현실도 아닌, 애매한 곳을 표류하며 살아가고 있습니다.

그렇기에 많이 서툴고 투박하고, 냉탕과 온탕을 넘나들며 불안합니다. 하지만 그것은 어쩌면 우리가 삶 속에서 계속해서 풀어야 할 숙제 같은 것이겠지요.

다른 이야기입니다만, 돌이켜보니 학창시절에 저는 참 숙제를 하지 않았던 학생이었어요. 숙제를 하지 않을 때마다 선생님께서는 저의 어두운 미래를 걱정하셨던 것 같아요. ('커서 뭐가 되려고 그러니.' 이런 말씀을 자주 들었지요. 하하하.)

비록 표류하며 살아가고 있지만 불행하진 않으니 이 정도면 그럭저럭 괜찮지 않나 싶습니다.

숙제를 풀어나가는 여정이 언제 끝이 날지는 모르겠습니다. 하지만 이런 여정이 있어서 또는, 이런 여정을 할 수 있어서 우리는 삶의 항해술을 계속해서 터득할 수 있는 것 아닐까요?

저의 이 별 볼 일 없는 기록들이
아주 작은 크기일지라도, 당신에게

위로가 되고, 힘이 되고, 웃음이 되길.
저와 그대 모두의 2019년은
표류하며 둥둥 떠다니는 것이
즐거운 한 해가 되길.
떠돌기에 적당한 파도가
삶 속에 함께 하길.

부산에서
김대일 드림

CONTENTS

4장

(5장)

Epilogue

갓 구워진 토스트 위에서

서서히 녹아들어 가는 버터를 보고 있노라면

'사는 게 별거 있나. 이게 행복이지.'라는

생각이 절로 들었다.

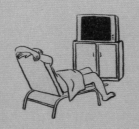

1장

할머니가 내려주는 커피숍에 갔다

오키나와 여행을 보름 정도 다녀온 적이 있다. 여행 전, 각종 책자와 검색을 통해 습득한 여러 정보 중 가장 핵심은 '렌터카는 필수'였다.

하지만 여행경비도 줄이고 싶고, 유명관광지인데 설마 버스가 없겠어? 라는 생각으로 딱 5일만 렌트를 했다. 그 결과 자동차가 없었던 10일은 꼬박 하루 네 시간 이상 도보를 해야 했다. (혹시 오키나와 여행이 계획되어 있으시다면 반드시 차를 렌트하시길!)

덕분에 참 많이 걸었다.

많이 걸으니 오키나와 현지인들만 알 것 같은 그런 가게들, 단골이 없다면 당장에라도 문을 닫아야 할 것만 같은 그런 느낌

의 가게들을 매일 지나치게 되었다.

그중에서도 눈에 띄는 커피숍이 있었는데 외관이 상당히 귀여웠다. 쉬어 갈 겸 커피도 마실 겸 들어갔는데 오래되었지만, 관리가 잘 되어 있는 가게라는 것을 느낄 수 있었다.

아치형으로 된 홀의 입구와 짙은 갈색의 고풍스러운 가구들, 정성으로 가꾼 식물들까지 모든 것들이 오랜 시간 조화롭게 이곳을 지키고 있는 느낌이었다.

'이랏샤이마세' 하며 우리를 맞아준 주인장의 모습은 가게와 닮아 있는 할머니였다. 뭔가 표현할 수 없는 놀라움을 느끼며 자리에 앉았다. (할머니든 할아버지든 당연히 커피를 마실 수도 내릴 수도 있는데 왜 나는 이렇게 놀랐을까?) 정갈한 옷차림에서 뿜어나는 멋스러움과 여유가 느껴지는 서빙, 그리고 맛있는 커피. 할머니는 이곳에서 얼마나 많은 시간을 보냈고 얼마나 많은 커피를 만들었을까? 상상이 잘 안 된다.

나와 희은이도 할머니, 할아버지가 될 때까지 함께 일을 계속 할 수 있을까? 확신이 서지 않는다. 그래도 확실한 것은 꼭 그러고 싶다는 내 마음이다.

두 손 꼭 잡고 산책하는 노부부들을 보며 우리도 호호 할아버지, 할머니 되면 꼭 저렇게 하자고 말하는 것처럼.

할아버지, 할머니가 되어도 우리가 좋아하는 것들을 계속할 수 있었으면 좋겠다.

그리고 10개월 후….

후쿠오카 여행 중 우연히 알게 된 커피숍을 갔는데 그곳에서도 할머니가 드립 커피를 내려주셨다. 원래는 할아버지가 일본에서 내로라하는 드립 커피의 장인이셨는데 할아버지가 돌아가신 후 할머니가 그 자리를 지키고 계신다고 하셨다. 그 사연을 들어서인지 모르겠지만, 커피를 내려주시는 인자한 표정 속에 어쩐지 슬픔이 느껴졌다.

오랜 시간 좋아하는 일을 하는 것도 중요하지만, '함께'라는 것이 더 소중한 것 같다.

완벽한 사람이 아니라 잘 맞는 사람을 만날 것

희은이를 만났을 때 많은 부분이 나와 닮았다고 생각했다. 어떨 땐 생각이 너무 똑같아 소름이 돋은 적도 있었다. 미적 취향도 같았고, 좋아하는 음식, 여행하는 스타일, 삶의 방식, 윤리적인 것들, 정치, 사상, 체질 등등. 심지어 양가 부모님까지 약간 닮았다.

이보다 더 완벽할 순 없다고 서로가 생각했고, 그렇게 믿었다. 내가 좋다고 느끼는 쪽으로 행동하면 싸울 일이 없었다. 그쪽을 희은이도 좋아할 게 분명하니까. 또 실제로 그랬다. 만나서 이 년까지는.

믿기 힘들 정도로 서로가 닮아 있다는 것에 대한 희열감, 그것들이 증명될 때마다 느껴지는 짜릿함과 더불어 이 상태를 잘

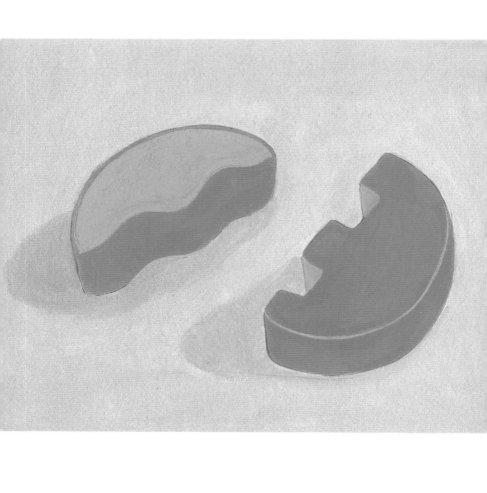

유지해야 한다는 묘한 압박감이 생겼다. 남들이 보기에도, 내 생각에도 우리는 완벽했으니까. 그 완벽함을 유지하기 위해서 노력했고 완벽하기 위해 스스로를 속이는 일도 생겼다.

사실 완벽함을 유지하기 위해 노력한다는 것은 완벽하지 않기 때문이다. 완벽이 주는 느낌은 노력 따위는 필요도 없을 것 같은데 나는 그러지 못했다. 시간과 대화가 쌓일수록 우리는 생각보다 서로가 많이 닮지 않았다는 것을 조금씩 깨닫기 시작했다. 함께 지내는 시간이 쌓이자 각자의 작고 디테일한 부분까지 알게 된 것이다. 너무 작아 사소해 보였던 다름이 다양해지고 많아지니 전혀 사소해지지 않게 되었다.

완벽하게 맞는 사람은 존재하지 않는구나. 서로 더 알아갈수록 그동안 우리가 잘 맞춰 왔다는 것을 알게 되었다. 감사하게도 우리가 가진 비슷한 기질 중에 '서로에게 잘 맞추려고 노력하는 것' 이 있는데 이 부분 때문에 별문제 없이 잘 지내왔던 것이었다.

덕분에 완벽한 커플이라고 오해하긴 했지만….

하여튼 사 년이라는 시간 동안 오해하면서 살아왔는데, 이젠 오해도 풀렸으니 다시 새로운 마음으로 잘 살아보입시다!

나도 그런 잠을 자고 싶다

중학교에 다닐 무렵 단짝 친구인 용배와 일주일에 한 번씩 대중목욕탕을 함께 갔었다. 남탕의 한쪽 구석에는 커다란 텔레비전과 안락한 수면의자가 놓여 있었다. 목욕을 끝낸 노곤한 몸을 수면의자에 누이고 실오라기 하나 걸치지 않은 채 맛있는 단잠을 자는 어른들이 많았는데 그 모습을 보면서 용배와 내가 했던 말이 아직도 생각난다.

"지금 이 순간은 대통령도 안 부럽겠다."
(그때는 대통령이 최고라고 생각했습니다.)

근심이나 걱정 따위 조금도 없이 세상 누가 봐도 행복해 보이던 그 모습이 기분 좋은 잔상으로 남아 있다. 그래서 잠이 부족하거나, 잠을 자고 싶은 마음이 든다거나, 다른 사람이 잠든

목욕탕과 잠

모습을 볼 때면 어김없이 떠오른다. 내가 자는 잠도 그런 잠이면 좋겠다.

언제나 떠날 준비를 한다

서울에서의 생활을 마치고 고향인 부산으로 돌아왔을 때 모든 게 너무 좋았다. 한적하고 쾌적했으며 심지어 공기도 맑았다. 거기에 월세까지 저렴하니 이곳이 천국이구나 싶었다.

하지만 이 년 정도가 지나자 그때 느꼈던 감정이 하나도 남아 있지 않더라. 처음에 좋았던 것들도 익숙해지고 나니 모든 게 당연해졌다. 당연한 것이 되고 나니 더 좋은 것을 누리고 싶어졌다. 그래서 우리는 남해로 떠났다.

이사를 마치고 마당에 앉아 커피를 마시면서 더없는 행복을 느꼈고, 부산에 도착했던 그때처럼 모든 게 부족함 없이 너무 좋았다. 더 한적했고 더 쾌적했으며 심지어 공기도 더 맑았고(진짜로..!!) 그것도 모자라 월세 또한 훨씬 저렴하니 이곳이 진짜 천국이구나 싶었다.

여기라면 정착을 할 수 있겠다는 확신이 들었다. 의심이라는 것은 요즘 말로 1도 없었다. 이곳에서 뼈를 묻겠노라 다짐했었다.

그러나 이 년이 채 되지 않아 우리는 다시 부산으로 돌아왔다.

부산에서 남해로 떠날 때 우리는 더 좋은 곳을 향해 떠났었다. 남해에서 부산으로 다시 돌아올 때도 더 좋은 곳을 향해 떠난 것이다. 인생의 아이러니여.

우리에게 좋은 곳은 어디일까?

그곳은 어쩌면 남해도 부산도 아닌 다른 곳일지도 모르겠다. 언제나 정착을 꿈꾸지만, 또 언제나 떠날 준비를 하는 모순된 우리의 모습을 보면서, 우리에게 좋은 곳은 '지금'의 우리에게 딱 맞는 곳이 아닐까 하는 생각이 들었다.

또 모를 일이다. 시간이 흐르고 난 뒤 여기가 아닌 다른 곳에 있을 수도, 여기 그대로 일지도 모르지만 그때도 그곳이 우리에게 분명 꼭 맞는 곳이겠지. 이곳인들 그곳인들 상관없다. 우리라면 좋으니까.

길티 플레져

　나는 과자를 무척이나 좋아한다. 물론 무더운 여름날에 에어컨 틀어 놓고 텔레비전을 보면서 먹는 시원한 수박이나 화채도 좋아한다. 하지만 과일의 상큼함이나 단맛이 주지 못하는, 어딘가 모르게 중독성 있고 불량스러운 과자의 맛이 더 당긴다. (과일에선 느낄 수 없는 화학의 맛이 있는 거 같은데 아마도 저는 그것에 중독되었나 봅니다.)

　한데 과자를 먹으면 여러모로 좋지 않은 것들이 따라온다. 이를테면, 다 먹고 나면 입천장이 헌다든가 잔뜩 쓰레기가 나온다든가 하는. 딱히 좋은 구석이 없다. 과자를 먹으면, 먹었다는 죄책감에 운동해야 할 것 같은 마음이 들고 (실질적으로 하진 않음) 비닐, 종이, 플라스틱 따위의 다양한 쓰레기들이 나오기 때문에 분리수거를 해야 하는 수고스러움도 있다. 과자 하나를 먹

음으로써 지급해야 할 육체적, 감성적 에너지가 참 많다. 이런 이유로 과자를 먹고 나면 '두 번 다시 먹지 않겠노라.' 다짐하지만, 그리 오래갈 다짐이 아니란 걸 스스로도 너무나 잘 안다. 이 다짐 또한 죄책감을 줄이기 위한 의식 같은 것이다. 사실 이런 다짐 따위 필요 없다. 분명 곧 우적우적 과자를 씹고 있을 테니.

당 파워

당 파워는 사실 길어 봐야 한두 시간이면 끝이 난다.
그래도 당 파워를 능가하는 걸 찾는 건 쉽지 않다.
치맥이라는 강력한 것이 존재하지만 이건 마무리용이다.
업무 중간마다 사용하기에는 아무래도 무리가 있다.

카페인, 니코틴, 고칼로리 말고, 덜 해롭고 막강한 무언가가
우리에게 필요하다. 일단 생각나는 대로 한번 적어 보자.

.
.
.

초콜릿, 캐러멜, 젤리, 사탕 말고는
아무것도 생각이 나지 않는다.
에잇~!
당분간은 이걸로 만족해야지. 답이 없다.

오늘도 그곳에서 운동을 한다

남해에서 부산으로 거처를 옮기면서 새로 생긴 아파트에 입주했다. 정확하게 말하자면 아파트가 아니라 레지던스[●]인데 상당한 서비스가 있는 것 같다. 조식 서비스가 있고 (집까지 가져다 주진 않고 식당으로 가서 먹어야 한다.) 헬스장, 골프장, 사우나, 하우스키핑 서비스 등등이 있다.

내가 가진 이상한 기질 중의 하나가 편리함을 위해 만들어 놓은 서비스, 시설 또는 기능 같은 것을 (기가 막히게) 사용하지 않는 것이다. 이 기질 덕분에 바로 아래층에 있는 멀쩡한 헬스장을 놔둔 채 굳이 지하철 한 정거장 정도의 거리를 꾸역꾸역 걸어서 운동하러 간다. 그것도 가장 무더운 7월의 어느 날부터 말이다.

● 숙박용 호텔과 주거용 오피스텔이 합쳐진 개념으로, 호텔식 서비스가 제공되는 주거 시설을 말한다.

(제가 이렇게 피곤하게 살고 있습니다.)

어느 동네나 흔하게 볼 수 있는 구청의 로고와 표어가 그려진 운동기구가 모여 있는, 공원도 아니고 놀이터도 아닌 애매하기 짝이 없는 그 곳에서 운동하기 시작했다.

효과가 있는지 없는지 의문인 운동기구에 (그 운동기구를 우습게 보는 사람들이 많은데 막상 열을 올리고 계속해보니 만만찮게 운동이 되었다. 뭐 어디까지나 내 기준이긴 하지만 그렇더라.) 온갖 창의적인 방법을 동원하여 땀을 흘렸고, 다이어트인지, 운동인지, 노동인지 구분하기도 힘든 알 수 없는 행위를 드디어 시작했다.

아래층에 헬스장을 가면 참 편할 텐데…. 한 달이 지난 지금도 나는 늦은 밤이면 그곳으로 가기 위해 주섬주섬 옷을 챙겨 입는다.

여행자의 시선

십 년 전에 친구의 소개로 오위라는 중국인 친구를 알게 됐는데 오위가 곧 결혼할 여자친구와 함께 부산에 왔다고 했다. (참고로 저는 중국어를 전혀 하지 못합니다.) 오위를 소개해 준 친구의 부탁이기도 했고, 나와의 인연도 있었기에 오위의 한국 여행 중 마지막 1박 2일을 우리 집에서 함께 지내기로 했다.

희은이와 나는 친한 사람이 아닌 타인과 장시간 함께 있으면 체력이 급격하게 떨어지는 타입이다. 그래서 십 년 만에 만난 말이 통하지 않는 사람과 (오위도 한국어를 거의 못합니다.) 1박 2일을 보내야 하는 것에 약간의 각오가 필요했다. 하지만 우려와는 달리 오위와의 시간은 상당히 즐거웠다.

오위는 부산에 오기 전 가보고 싶은 곳, 먹고 싶은 것들의 리스트를 만들어 왔다. 자갈치 시장, 해운대, 아쿠아리움, 용궁사, 신세계 스파 등등 모두 유명한 곳이었다. 우리도 해외여행을 하면 이런 리스트를 만들지 않던가. 여행객인 그들에겐 너무나 당연한 일이 어찌나 귀엽게 느껴지던지.

수많은 리스트 중에서 눈에 띄는 것이 있었는데 흔한 프랜차이즈 돈가스 전문점이었다. 평소에 딱히 싫어하는 것은 아니지만 즐겨 먹지도 않던 돈가스였는데, 너무도 맛있게 먹는 오위의 모습을 보고 있으니 유난히 더 맛있게 느껴졌다.

출퇴근길에 아무 생각 없이 지나다녔던 광안대교 위에 펼쳐진 지평선과 바다를 보며, 쉴새 없이 터져 나오는 감탄사들을 듣고 있으니 내가 아름다운 이 풍경들을 놓치고 살았구나 싶은 생각도 들었다.

서로의 언어를 모르니 짧은 영어로 겨우 의사소통을 하다가 그마저도 힘들어 지면 네 명 모두 "괜찮아~ 괜찮아~"를 외쳤다. 아무것도 아닌 이게 너무 웃겨서 모두 소녀처럼 깔깔깔 웃어댔다.

18. 08. 17   FRIENDS.

지금도 그 장면을 생각하니 미소가 번진다. 말이 통하는 것도 아니고, 취향이 잘 맞았던 것도 아니고, 성향도 달랐는데 우리는 모두 즐겁게 지냈다. 서로를 향한 순수한 마음 때문이었는지, 끝이 있는 만남이어서 그랬던 것인지, 그냥 그 순간이 마냥 즐거웠던 것인지는 잘 모르겠다.

비록 그들이 떠나고 난 뒤에는 굉장한 피로감을 느꼈지만. 무엇인지 모를 아련함과 훈훈함이 잔잔하게 오랫동안 남았다.

이루고 싶은 로망

어린아이였던 시절의 나에게 고등학생은 완전한 어른의 모습이지만, 그들은 사실 2차 성징이 진행된 지 얼마 되지 않은 사춘기 청소년일 뿐이다. 대학생에 대한 환상도 마찬가지였다. 환상과 실제는 일치하지 않는 경우가 대부분이다.

이후로도 몇 번이나 환상과 실체는 차이가 있다는 것을 경험하지만, 여전히 환상을 동경하고, 때론 이루고 싶어 아등바등거린다.

해변에 자리 잡고 있는 오성급 호텔에서 장기투숙을 하며, 매일 아침 로비에 앉아 커피와 함께 여유를 누리는 모습. 그러다가 강아지와 함께 아침 산책을 하는 현지인들을 보면 가볍게 눈인사를 나누는 모습. 그런 아침의 풍경을 살아가는 사람이 되

고 싶다는 생각을 한다. 하지만 이것 또한 현실과 괴리감이 큰 환상이라는 것을 많은 경험을 통해 알고 있다.

그렇지만 나는 어리석어, 기어이 그 환상이 실현되는 날이 올 것 같다는 생각을 한다. 비록 그 환상이 아무것도 아니어서 거품처럼 사라져 가는 것일지라도….

소박한 아침이 주는 여유로움

남해에서 살 땐 아침에 눈을 뜨면 한참을 침대에서 뒹굴뒹굴했다. 아직 온기가 빠지지 않은 포근한 이불 속에서 뭉그적거리는 것이 좋았기 때문이다. 오늘의 뉴스도 보고, 날씨도 보고, 게임도 하며 그 시간을 충분히 즐겼다. 한참이 지나서야 (많게는 두 시간 정도) 겨우 침대에서 빠져나올 수 있었다.

'일하지 않는 자, 먹지도 말라.' 라는 말이 떠올라 머쓱한 기분이 들기도 하지만 돌이켜 보면 한량 같았던 그때가 행복했던 것 같다. 늦은 아침에 일어나 느긋하게 원두를 갈아 내린 커피 향을 맡으며, 갓 구워진 토스트 위에서 서서히 녹아들어 가는 버터를 보고 있노라면 '사는 게 별거 있나. 이게 행복이지.'라는 생각이 절로 들었다.

가능하다면 평생 이런 아침을 맞이하고 싶은데, (이건 그때의 생각이 아니라 지금의 생각입니다.) 그 행복했던 일상도 매일 반복되니 소중한 것임을 곧 잊어버리고 말았다.

남해를 떠나 부산에서 맞는 요즘의 아침은 눈을 뜨자마자 잠옷 바람으로 눈곱도 채 떼지 못한 채로 컴퓨터 전원 버튼을 누르며 하루를 시작한다.

마치 뇌는 아직도 잠결인데 육체가 제멋대로 움직이는 느낌이랄까. 어젯밤에 하던 일들을 몸이 이어서 시키는 것 같다. 그 작업은 허기가 들어서야 겨우 멈추게 되고 그때서야 비로소 잠에서 완전히 깨어나는 기분이 든다.

소박한 아침의 여유로움도 사치스럽게 느껴져 괴롭다. 곰곰이 따져 보면 굳이 이렇게까지 할 필요는 없는데 말이다. 그만큼 마음에 여유가 없기 때문이겠지. 여유라는 것은 마음먹기 나름인데 그것이 잘되지 않아 속상하다. 이런 아침이 쌓여 갈수록 남해의 아침이 더 절실하게 생각난다.

"오늘 뭐하지?"라는 고민으로 하루를 시작하고 싶다.

느긋하게.

그냥 되는 대로

좋아하는 일 하면서 열심히 살았는데,

그편이 훨씬 더 삶을 원하는 방향으로

이끌어준 기분이다.

2장

되는 대로 살아도 괜찮아

추위가 절정이었던 겨울의 어느 날에 일어난 사건을 계기로 인생은 한치 앞도 내다볼 수 없는 것이구나란 사실을 온몸으로 느꼈다. 그전에는 어떤 일이 계획대로 흘러가지 않는다거나, 세워둔 목표들을 이루지 못할 때마다 스스로 무능하게 느껴졌고 그때마다 자책했다. 자책이 많아질수록 목표나 계획을 세울 때 내가 충분히 해낼 수 있는 수준으로 낮추기도 했다. 목표를 달성하기 위한 목표, 계획을 실천하기 위한 계획을 세우기 일쑤였다.

그 무렵 내가 살고 있었던 곳은 오래된 주택이었는데 계약 당시 이곳에 아파트가 새로 생길지도 모른다고 했다. 하지만 몇 년 동안 말만 많았지 확실치 않으니 계약 기간 동안은 이사 걱정을 하지 않아도 된다고 했고 실제로도 그렇게 보였다. 우리가 여기서 천년만년 살 것도 아니니 전혀 문제 될 것이 없어 보였다.

그런데 일 년도 채 되지 않은 어느 날 집을 비워 줘야 하니 이사 준비를 하라는 통보가 왔다. 추운 겨울이었다.

설마 설마 했던 일은 현실이 되었고 엎친 데 덮친 격으로 노후화된 수도배관이 동파되었는데 어처구니가 없게도 동파된 배관의 위치가 화장실 천장이었다. 응? 왜 수도배관이 천장에 있는 거지? 도대체 왜?

화장실 천장에서 폭포처럼 떨어지는 거센 물줄기를 멈출 방법은 수도 계량기를 잠그는 것뿐이었기에 집에서는 더 이상 물을 사용할 수 없게 되어 버렸다.

그날 밤부터 당장 씻지도 못하고 화장실도 가지 못해 피난민처럼 우리는 각자 친구 집으로 향했고, 며칠을 찜질방과 모텔을 전전하다 결국 이사를 했다. 계획보다 몇 년이나 빠른 시기였다.

이 이사를 계기로 깨달은 것은 계획은 계획일뿐이고 목표는 목표일 뿐이라는 것이다. 목표나 계획을 세우는 게 무슨 의미가 있을까? 한 치 앞도 못 보는 게 우리네 인생인데 말이다. 그 이후에도 계약기간 이 년을 채우지 못하고 이사를 두 번이나 더

했다. 새로운 곳에서의 시작은 늘 거창한 목표와 계획이 함께했지만 대부분 내 의지와 능력으로 조절할 수 없는 일들이 생겨 이루지 못한 채 끝이 났다.

이런 과정들을 거치면서 목표나 계획보다는 우리가 좋아하는 일이 무엇인지에 대해서 더 고민하고 그것들을 더 잘하기 위해서 열심히 사는 것이 더 행복하다는 것을 알게 됐다.

그 이후로 그냥 되는 대로 좋아하는 일 하면서 열심히 살았는데, 그편이 훨씬 더 삶을 원하는 방향으로 이끌어준 기분이다. 그래서 나는 앞으로도 (최대한) 되는 대로 살아볼 생각이다.

눈을 감으니, 비로소 들리는 것들

일 년 전까지만 해도 안경이나 콘택트렌즈가 없으면 앞이 거의 안 보일 정도로 시력이 나빴다. 그래서 잠을 자는 시간 이외에는 늘 안경 낀 얼굴이었고, 아침에 눈을 뜨자마자 제일 먼저 찾는 것도 늘 안경이었다.

우리 집에는 희은이와 내가 만든 우리만의 미스터리한 사건 일지를 모아둔 '우리 집 3대 미스터리'라는 코너가 있는데 지금은 순위에서 밀렸지만, 한때 상위에 랭킹 되어 있던 것이 '머리맡에 두고 잔 안경이 일어났더니 없어졌다'였다. (거창하게 말했지만, 그냥 아침에 안경 찾느라 애먹었던 일입니다.) 침대에 누워 스마트폰 들여다보다 잠들기 직전에 협탁에 두고 자기에 안경은 늘 그 자리에 있는 것이 당연한 것인데 미스터리 하게도 협탁에 없는 날이 몇 번이나 있었다.

눈주술과 트로트.

그런 날이면 수십 분이 넘도록 안경을 찾아 헤매야 하는데 매번 안경을 찾는 게 고역이었다. 더는 이 고충을 겪고 싶지 않다는 생각이 강하게 들던 어느 날. 미루고 미뤘던 시력교정술을 예약해버렸다. 두려움이 컸지만, 먼저 수술을 한 친구들이 말했던 '광명을 찾은 것 같다.'라는 신앙고백 같은 말을 떠올리며 나도 광명을 찾겠노라 다짐했다.

라섹 수술을 했었는데 이틀 정도는 눈이 너무 시려 제대로 뜨지도 못했다. 눈을 감고 누워 가만히 이틀을 보냈다. 눈은 시리고 고통스러운데 아무것도 보이지 않으니 답답했다. 그 와중에 방문 틈 사이로 애절한 트로트가 들려왔다. 아마도 '가요무대'같은 프로그램이 아니었나 싶다. 온 신경을 그 노랫소리에 쏟으니 눈이 시린 것도 잠시나마 참을 수 있었다. 눈을 감고 끙끙거리는 상황에 그 트로트는 유일하게 의지할 수 있는 존재였다.

그렇게 계속 집중해서 듣다 보니 촌스러운 노래라고만 생각했던 트로트가 삶의 애환과 사랑의 간절함이 담겨 있는 노래라는 게 느껴졌다. 오히려 인스턴트처럼 소비되는 요즘의 가벼운 노래보다 훨씬 묵직하고 진중한 노래로 느껴졌다. 사실 몇 년 전에도 이런 느낌을 받은 적이 있었지만, 아재 취급당할까 봐 얘기하지 않았는데 역시는 역시이고 좋은 건 어쩔 수 없나 보다. 이렇게 나도 나이가 들어가나 보다 하는 생각과 어렸을 때 엄마가 했던 말이 떠올랐다.

"너희 젊은 사람들만 로맨스와 낭만이 있는 게 아냐. 우리처럼 나이 든 아저씨, 아줌마들도 우리만의 로맨스와 낭만이 있는 거야. 우리들의 낭만을 무시하지 마라."

그때는 엄마의 그 말을 완전히 이해하진 못하고 '그런 거구나' 했는데, 지금은 완전히 이해가 된다.

눈을 감고, 보이는 것에만 의지하지 않으니 귀 기울이지 않았던 것들까지 잘 들을 수 있었다. 때론 잘 듣는 게 보는 것보다 더 좋을 수도 있다는 교훈을 얻었다. 비록 눈은 시려 고통스러운 시간이었지만 의미 있는 닷새로 기억하기 위해 회복을 하고 일상으로 돌아가면 트로트도 즐겨 듣는 사람이 되겠노라 다짐했었다.

닷새가 지나고 친구들이 말했던 광명을 찾은 기쁨이 나에게도 일어났다. 안경 없이도 세상이 선명하게 보이는 기적이 나에게도 찾아왔다. 하지만 간사하게도 눈이 밝아지니 다시 귀는 어두워졌고, 나는 트로트를 듣지 않았다.

좋아하는 일이 직업이 된다면

좋아하는 것들도 '일'이 되어 버리면 어쩐지 하기 싫어진다. 처음에는 어느 정도 참을 수 있지만, 시간이 지나면 정말이지 미친 듯이 하기 싫어진다. 좋아 죽겠던 마음이 언제 있었냐는 듯 말이다. 그러다가 또 억압이 없어지면 몸보다 먼저 마음이 그것들을 찾고 있다.

좋아하는 것이 생업이 되어 버린 우리의 이야기다.

참 아이러니하게도 우리가 그리고 싶은 그림을 위해서, 다른 이를 위한 그림을 그리고 있다. (우리가 그리고 싶은 그림만 그리면 생활을 꾸려나가는 게 쉽지가 않습니다.)

우리의 찬란한 미래를 위해서 오늘도 여전히 좋아하는 일

을 억압하며 지내고 있다. 물론 이렇게라도 일을 할 수 있다는 것 자체가 사실은 너무도 감사한 일이라는 건 잊지 않고 있지만 말이다.

이 글을 읽고 있는 당신도,
당신의 소중한 시간을,
살아가야 할 현재와 미래를 위해
억압하며 사용하고 있나요?

우리 함께 힘내요.
당신과 나의 이 시간이
절대 헛되지 않을 거라고 저는 믿습니다.

포장하는 마음

고등학교 2학년 여름방학 때 일본여행을 갔었다. 그 여행에서 적잖은 충격을 받은 일이 있었는데 다름 아닌 '포장'이었다. 관광지에서 산 기념품이 아니라 시장 거리에 있는 작은 상점에서 선물을 샀는데 어찌나 정성스럽게 포장을 해 주던지. 더 놀라운 것은 이 일이 이십 년도 더 지난 일이라는 거다. 당시의 나는 일반상점에서 물건을 살 때 포장을 해 준다는 것을 겪어본 적이 없었다.

이 여행을 기점으로 포장에 대한 생각과 개념이 완전히 바뀌었다. 그때 이후로 친구들에게 선물할 일이 생기면 나름대로 포장에 신경을 쓰기 시작했다. 문구점에 파는 꽃무늬 포장지가 아니라 패브릭으로 포장을 한다든지 (어머니가 작은 봉제공장을 운영하셔서 자투리 원단을 쉽게 구할 수 있었어요.) 잡지나

신문으로 포장한다든지 나름대로는 차별과 정성을 쏟고자 노력했었다.

상대방에 대한 감사 또는 축하하는 마음을 담아 정성스럽게 포장을 했다. 그 시간이 나의 품격을 올려주는 기분이 들게도 하고, 받는 이를 더 생각할 수 있어 의미 있는 시간이라 생각한다. (이 느낌이 좋아 몰입하다보니 포장이 과하다는 이야기를 들은 적도 있었습니다.)

얼마 전 '북바이북'이라는 곳에서 독자들과 《바게트 호텔》의 북 토크 시간을 가졌던 적이 있었다. 북 토크가 끝나고 질의응답 시간에 어떤 독자분께서 "인터넷 숍에서 우연히 키미앤일이의 물건을 샀는데 포장을 보고 감동을 받았습니다. 그렇게 포장에 신경을 쓰는 이유가 있나요?"라는 질문을 하셨다. 그때의내 대답이 정확하게 기억이 나진 않지만 "사주신 것에 대한 감사한 마음을 전하고 싶어서요."라고 대답한 듯하다.

열심히 포장하면 상대방은 분명히 알아줄 것이며, 내가 포장에 쓴 시간과 정성은 절대 헛되지 않을 것이라 믿었다. 독자

또장.

분의 그 질문이 그 믿음에 대한 보상을 받는 기분이었다. 일상 속에서 뜻하지 않는 감동을 주고 싶어 시작했는데 그것이 독자 뿐 아니라 나에게까지 감동으로 돌아올 줄 몰랐다.

보통의 어른

어렸을 땐 누구나 그렇듯 나 역시 모든 관계에서 순수했었다. 나이가 들면 자의든 타의든 어쩔 수 없이 순수함을 잃어가는 것이라고 단정 짓긴 싫지만, 나에게 벌어지고 있는 '이 노릇'은 어쩔 수 없는 일인 것 같다. 관계에서 순수함을 잃은 지가 언제인지 기억도 잘나지 않는다.

어떤 이는 사는 방식이 달라서 대화가 통하지 않고, 어떤 이는 대화는 잘 통하지만, 사는 게 바빠 만날 틈이 없고, 또 어떤 이는 타지, 타국에 있으니 그립기만 하다.
순수했던 시절의 친구들은 어느덧 주위에 남아 있지 않다. 그때의 나를 기억하는 이를 만날 수 없음이 때론 서글프기도 하다.

지금의 대인관계는 그게 무엇이든 나름의 이유가 있다. 이유가 없어지면 그들에게 나는, 그리고 나에게 그들은 어떤 사람일까? 그들에게 좁쌀만 한 크기라도 좋으니 의미 있는 사람이 되고 싶은데 그러지 못할 것만 같다.

이런 생각들을 하고 있노라면, 이유가 있어야지만 관계가 맺어진다는 사실에 속상함을 느끼기도 하고 때론 그게 당연한 것 아닌가 하는 생각이 든다. 나도 어느덧 보통의 어른이 된 것 같아 씁쓸하다. 다른 사람은 몰라도, '나'라는 영혼은 언제나 순수할 수 있다고 믿었는데 결국엔 나도 그저 그런 어른이 되었구나 싶다.

심플한 디자인을 좋아하세요?

간결한 것이 주는 아름다움을 좋아한다. 심플한 디자인을 선호한다. 어떤 물건을 고르거나 디자인 자료집을 보거나 사물을 볼 때, 나의 마음을 사로잡는 쪽은 대부분 간결한 것들이다.

그런 것들을 바라볼 때면 나도 저런 디자인을 해야겠다. 마음을 먹기도 한다. 상황에 따라 다르긴 하겠지만 한정된 공간 안에서는 욕심껏 꽉꽉 채워 넣은 것보다 호소력 있는 하나의 것이 더 큰 힘을 발휘할 때가 많다.

(착각일 수도 있지만) 이 사실을 많은 사람들이 알고 있다고 생각한다. 물론 그 속에는 나도 포함되어 있다.
클라이언트로부터 디자인의뢰가 들어오면 (어쩌면 당연하게도) 내가 좋다고 생각하는 것들이, 결과물에 묻어 나온다. 이것

여백 증후군.

은 당연한 이치이다.

함께 작업한 클라이언트 대부분은, 본인도 심플한 디자인을 좋아한다고 이야기한다. 그렇다면 우리는 찰떡궁합이 되어야 하는데…….(상상에 맡기겠습니다.)

그런데 막상 심플한 시안을 보여주면 '뭔가 심심하다, 완성이 아닌 것 같다, 공간이 비어 보인다.' 등등의 피드백이 대부분이다. 비어 있는 공간 안에 다른 무언가를 채워 주길 바란다. 이런 일들이 생각보다 많다 보니 (솔직히 말하면 대부분) 버릇이 생겨 버렸다. 빈 공간을 보면 불안하고 뭔가를 채워 넣어야 할 것 같은 기분이 드는 것이다. (클라이언트에게 퇴짜 당하는 기분을 느끼는 게 싫어서 그런듯) 기분으로 끝내야 하는데, 어느 샌가 공간을 꽉꽉 채우고 있는 나를 발견한다. (이것이 습관이 되어, 의뢰 받은 것이 아닌 우리 것을 할 때도 그럴 때가 있습니다. 어쩌면 이것이 제일 무서운 일일지도.)

지금도 여전히 나는 심플한 디자인을 좋아하는데, 습관적으로 빈 공간을 보면 채워야 할 것 같은 기분이 든다. 문득, 나에게 이런 기분을 들게 한 클라이언트들도 혹 나와 같은 이유로 '빈 공간 증후군'에 시달리게 된 것은 아닐까하는 생각이 들었다.

"그러니까 우리 같이 이겨내 봅시다."
"물론 당신이 심플한 디자인을 좋아한다면 말이죠."

I hate PET

남해에 살면서 힘들었던 것을 떠올려보면 가장 자주 생각나는 것이 '물과 쓰레기'이다. 남해는 도시와는 다르게 상수도가 일부 지역에만 들어와 있다. 우리가 살았던 곳은 지하수로 생활을 했었는데 아주 오래 전에 지어진 집이라 정수 시절이 되어 있지 않았다. 그런 이유로 수도를 틀면 물이 온갖 이물질과 함께 나왔다. 적잖게 놀랐다. 임시방편으로 수도꼭지에 설치하는 정수 필터 같은 걸 사용해 보았지만 큰 도움이 되진 않았다.

먹어야 하는 물은 선택의 여지 없이 이 리터 짜리 생수를 사서 마셔야 했다. 그러자니 많게는 하루에 두 개씩 적어도 하루에 한 개 이상의 페트병 쓰레기가 나왔다. 일주일이면 최소 열 개의 페트병이 나왔고, 간혹 재활용 쓰레기 버리는 시간을 놓쳐버리면 다음 주까지 추가로 열 개가 쌓였다. 그렇게 버려지는

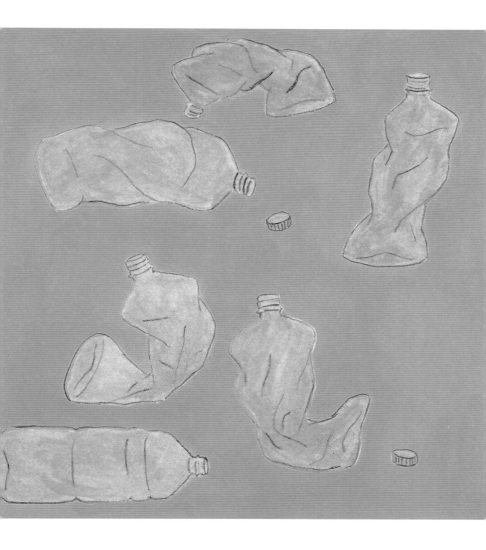

페트병을 보고 있으면 나도 모르게 죄책감이 들었다. 그렇다고 물을 마시지 않을 수도 없고, 답답한 노릇이었다.

지하수 전용 정수기 같은 건 없나 싶어 상담을 받아봤지만 "그런 제품이 있긴 하지만 이물질로 인한 고장은 고객의 과실로 처리됩니다."라는 황당한 답변에 정수기는 포기했다. (대체 일반 정수기와 다른 게 뭐야?) 결국, 남해를 떠나기 전까지 우리는 페트병과 끝없는 사투를 벌였다. 어림잡아도 남해에 있던 시간 동안 버려진 페트병이 이천 개는 넘었을 것이다. 희은이와 나는 이제 페트병이라면 진절머리가 날 지경이 되어 버렸다.

그 덕분에 남해를 떠나 부산에서 살고 있는 지금은 귀찮아도 매일매일 물을 끓여 먹고 있다.

부전시장

운전하다 보면 추억이 깃든 곳을 우연히 지나치곤 하는데 오늘이 그런 날이었다. 부산에서 제법 큰 재래시장 중의 하나인 '부전시장'을 지나치는데 불현듯 옛 추억들이 떠올랐다.

희은이와 내가 벌이가 시원찮아 항상 아껴야 했던 시절이었다. 한없이 아껴야 하는 것이 궁상맞을 법도 한데, 그마저도 즐거웠던 풋풋한 시절이었다. 우리가 하루에 식비로 쓸 수 있는 돈은 만 원. 그 돈으로 두 사람이 세끼를 해결해야 했기에 외식은 꿈도 못 꾸었다. 늘 음식재료에 맞춰 식단을 짜고 그대로 실천에 옮겨야 했다. 감자와 양파를 사면 감자, 양파 볶음을 만들고 남은 것으로 된장찌개를 끓이는 식이었다.

마트의 채소 판매대는 비싸서 엄두도 내지 못하고 꼬박 30분을 걸어서 부전시장을 가곤 했다. 겨우 만 원짜리 한 장 들고 시장을 가면서도 한껏 치장하고 멋 부렸던 일이나, 텅 빈 백 팩을 하나씩 메고 가서 가방 가득 감자, 양파, 대파, 고구마, 고추 등을 채워 돌아오던 그 길이 떠올랐다. 그 재료로 함께 식사도 만들고 간식도 만들며 보냈다.

그때의 우리는 돈이 부족해서 어쩔 수 없이 그렇게 살아야 했지만, 지금의 우리는 시간이 부족해서 그렇게 살고 싶어도 살 수 없다. 추억과 교차하여 그 시절이 더 그리워졌다.

희은 "우리는 언제쯤 그때처럼 다시 살 수 있을까? 그때가 훨씬 더 여유로웠던 것 같아."

나 "십 년 정도가 지나면 아마 그럴 수 있지 않을까? 우리 꼭 그렇게 하자!"

희은 "십 년 후에도 잔뜩 멋 부리고 갈 거야."

어쩌면 별거 아닌 일일 수도 있는 이 일이, 십 년 후에는 우리의 일상이 되어 있길 바란다. 그 시절과 같은 마음가짐으로 말이다.

따뜻한 냉커피

나는 모순이 많은 사람이다. 펄펄 끓고 있는 주전자의 물같이 뜨겁다가도, 차디찬 냉동실의 얼음처럼 차가워지곤 하는데, 이런 나를 지켜본 희은이는 '알 수 없는 사람'이라고 말하곤 한다.

그녀가 말해준 특이점을 몇 가지 말해보자면,

첫째, 같은 상황에서 어떤 이에게는 불같이 화를 내다가 또 다른 이에겐 한없이 상냥한 것.

둘째, (겨울에) 집이 너무 춥다고 징징거리면서 팬티 바람으로 잠을 자는 것.

셋째, (초가을에) 땀을 뻘뻘 흘리며 남들보다 두껍게 옷을 입고 다니는 것.

넷째, 희은이에게 말은 쿨하게 하지만 행동은 전혀 그렇지

뜨거운 냉커피

못한 것.

(희은이가 친구 만나러 갈 때 용돈도 챙겨주며 맛있는 거 사 먹고 재밌게 놀다 오라고 멋지게 말하지만, 현관 앞에서 희은이를 떠나 보낼 때 정작 한다는 말이 "그래서 언제 올 거야?"임.)

다섯째, 영문을 모를 정도로 자신감이 넘치다가 엄청나게 빨리 쭈구리가 되는 것.

(원고 마감을 앞두고 아무것도 하지 않은 나를 보며 희은이는 "글 안 써? 이래서 다 할 수 있겠어?"라고 묻곤 합니다. "쓸 수 있어! 글 쓰는 게 뭐 어렵다고 그냥 쓰면 되지!"말하지만, 정작 노트북 앞에 앉으면 "망했다. 글도 못 쓰는 주제에 왜 이렇게 미루고 있었던 거야."라며 머리를 쥐어뜯습니다.)

여섯째, 몸에 물이 닿는 것을 싫어해서 샤워하기를 극도로 꺼리지만 정작 샤워할 땐 개운하다며 엄청나게 행복해 하는 것.

일곱째, 짠 음식이 싫다는 이야기를 하며 식당으로 가고 있는데 도착해서 시킨 메뉴가 '김치짜글이'일 때. (김치짜글이는 정말 짠 음식입니다.)

생활 속에 이런 모순된 행동들이 제법 있다 보니 희은이 눈에 '알 수 없는 사람'으로 보일 법도 하겠다. 우리가 개인적으로 진행하는 프로젝트 중에, 주제를 정해 다섯 장의 포스터와 짧은 글들로 만들어낸 〈포스터, 포스터즈〉라는 비정기 간행물이 있다. (홍보는 아닌데 홍보인 것 같은 느낌이 드네요.) 최근 포스터즈 3호를 제작하기 위해 주제를 정했었는데 바로 '모순'이었다. (요즘 우리 가정은 모순으로 가득합니다.)

곧 발행을 해야 하는 터라 모순에 대해서 생각을 하던 중 문득 궁금해져 검색창에 '모순'을 입력해 보았다. 개그 또는 유머의 느낌을 물씬 풍기는 이미지가 많았는데 몇 가지 공유하자면

1. 경고! 절대 주차금지! 여기는 주차장입니다. (주차장 입구에 있는 경고문)
2. 손으로 직접 뽑는 기계 냉면 (냉면집의 광고 문구)
3. 화목하고 편안한 화남 아파트 (아파트 이름)
4. 新 옛 찻집 (카페 이름)
5. 따뜻한 냉커피 (응?)
6. 수입 바나나, 원산지: 국내산 (바나나에 붙어 있는 라벨)

7. 청소년 출입금지! 청소년은 후문을 이용하여 주십시오. (응?)

8. 부탁합니다! 폐는 안 끼칠 테니 보증 좀! (어떤 애니메이션의 대사)

대충 이런 식의 간판이나 라벨에 실수가 묻어 있는 것들이 많았는데 그중에서도 '따뜻한 냉커피'를 보고 있노라니 나와 많이 닮았다는 생각이 들었고, 나를 잘 표현하는 말 같아서 애착이 가기 시작했다.

아무래도 '알 수 없는 사람' 보다는 '따뜻한 냉커피' 같은 사람이 어딘가 모르게 더 인간적으로 느껴진다고 할까.

인터넷 동호회나 회원가입을 필요한 사이트에서 닉네임을 기재하는 칸을 마주할 때면 손가락이 방황하기 일쑤였는데, 이젠 주저 없이 '따뜻한 냉커피'라 입력할 것이다. 나를 표현할 수 있는 단어가 생겼다는 게 상당히 좋다.

꼰대와 오지랖

나는 오지랖이 상당히 넓은 사람이다. 주체 못할 오지랖 때문에 속앓이를 한 적도 꽤 있었다. 그때마다 두 번 다시 남의 인생에 참견하지 않으리라, 다짐하지만 그리 오래가진 않는다.

희은이와 연애 초반에 내가 누군가에게 '쓸데없는' 오지랖을 부린다면 꼭 말려 달라고 당부하기도 했었다. (누군가 옆에서 적절한 타이밍에 말려 준다면 효과가 있지 않을까 싶어서) 그다지 효과는 없었다.

내 오지랖의 근원은 사실 상대방이 행복하길 바라는 마음에 돕고 싶은 생각에서 시작된다. 냉정하게 말하자면 내 도움의 효용가치가 절대적이거나, 꽤 높다면 그게 오지랖으로 치부되지 않을 텐데 그러지 못해서 대부분 '조언→ 응원→ 참견→ 잔

소리→ 방치' 순으로 끝이 난다.

내가 한 속앓이라는 것의 대부분은 참견 지점에서 생기는
것 같다. 참견이라는 것이 참 애매해서 받아들이는 관점에 따라
부정적일 수도 긍정적일 수도 있다. 그게 늘 문제였다.

가령, 아주 중요한 선택을 앞두고 당사자보다 더 큰 목소리
를 내서 혼란을 준다든지, (책임을 질 것도 아니면서) 또는 생각할
틈을 주지 않고 옆에서 계속 설득한다든지, (이 지경까지 가면 설
득에 성공하겠다는 오기도 함께합니다.) 어떻게 받아들이느냐에
따라 다르긴 하지만 이런 사람은 잔소리꾼으로 전락하기에 십
상이다. 그럼에도 끝없이 오지랖을 피우는 이유는 나의 작은 참
견이 그들을 조금 더 행복하게 해 줄지도 모른다는 오만한 생각
때문이다. 이런 나를 유심히 바라보던 희은이는 "그런 마음은
어디까지나 오빠 마음일 뿐이야. 그저 오빠는 꼰대와 정이 많은 사
람의 딱 중간 지점에 있는 애매한 사람이야."라고 말한다.

정확하다. 어쩌면 난 꼰대 월드 입구를 서성이고 있을지도

모른다. 왠지 한번 들어가면 나오기가 힘들 것 같은 느낌이랄
까. 꼰대가 되지 않기 위해 내 오지랖은 이제 여기서 그만 해야
겠지. 아. 물론 상대방이 원한다면 언제든지 준비는 되어 있다.
후후.

좋아하고 사랑하는 모든 것에

이유를 만들지 않으려 한다.

이유가 사라져 버려 사랑하는 것을

사랑할 수 없게 되는 슬픔을 맛보고 싶지 않다.

3장

스몰웨딩

희은이와 결혼한 지 어느덧 삼 년이 지났다. 결혼식 준비하
느라 밤낮을 설쳤던 게 아직도 생생한데 벌써 삼 년이라니….

우리는 흔히들 말하는 스몰웨딩으로 예식을 치렀다. 진정
한 의미의 '스몰' 웨딩을 하기 위해 결혼식 하나부터 열까지 모
두 우리 손으로 준비했다. 둘 다 결혼식은 사치라는 생각이 있
어 치르고 싶지 않았지만, 결혼이라는 게 둘만의 문제가 아니라
는 것을 잘 알기에 부모님의 뜻에 따르기로 했다.

예식장, 음식, 사진, 부케, 웨딩드레스, 턱시도, 신부대기실
꾸미기, 축가 섭외, 주례 섭외, 결혼식 구성, 메이크업, 헤어, 청
첩장 만들기, 하객들을 위한 이벤트 등등 (이렇게 나열하니 참 많
군요.) 아 그리고 또 중요한 것! 예물, 예단을 하지 않기로 양가
부모님을 설득하는 것!

리스트를 작성해보니 해야 할 일이 너무나 많았다. 이 많은 일을 우리가 다 할 수 있을까? 하는 의문이 들었지만, 선택의 여지가 없었다. 그때의 희은이와 나는 결혼식에 몇천만 원이나 되는 돈을 쓸 여력도 없었을뿐더러, 있다 해도 결코, 쓰고 싶지 않은 돈이었기 때문이다. 우리가 혼인하였다는 것을 알리기 위해서 쓰는 돈치고는 너무 많았고, 결혼은 우리를 위한 것인데, 결혼식은 우리를 위한 것이 아니라는 생각을 지울 수 없었기 때문이다. 그리하여 어쩔 수 없는, 그리고 잊지 못할 스몰웨딩은 이렇게 시작되었다.

처음으로 한 일이 장소를 섭외하는 일이었다. 검색하다 보니 '부산 시민공원'에서 야외 결혼식이 가능하다는 신문기사를 찾았다. "여기서 하면 되겠다." "그럼 장소는 찾았으니 나머지는 결혼식이 다가오면 준비하는 걸로~"

장소를 결정하고 한 달이 지났을 무렵. 답사 겸 데이트 겸해서 시민공원을 둘러보고 있노라니 '야외 결혼식이 진리구나! 저 싱그러운 풀과 나무들이 있는 곳에서 혼인서약을 할 생각을 하니 어깨춤이 절로 나오는군.' 이만하면 더할 나위가 없겠다 싶어서 곧바로 담당 부서에 전화했다.

"안녕하세요. 부산 시민인데요. 시민공원에서 결혼식을 하고 싶은데 절차가 어떻게 되는지 여쭤 보려고 전화 드렸어요."

(한두 번 겪는 일이 아니라는 듯) "기사가 잘못 나갔습니다."

이런. 어째 일이 너무 순조롭게 진행되는 느낌이긴 했다. 순진하게 찌라시 같은 기사를 너무 믿어 버렸다. 이제는 여유 부릴 만큼의 시간도 남아 있지 않아 초조한 마음이 앞서기 시작했고, 장소라도 최대한 빨리 확정 지어야 할 것 같아서 본격적으로 장소 물색에 들어갔다.

모든 것이 추억으로 남은 지금에 와서 천천히 되짚어보니 '마땅한 장소'같은 것은 애초에 존재하지 않았다. 모든 것이 완벽한 장소는 예산 초과이고, 대여료가 저렴하거나 장소가 멋진 곳은 식사가 안 되거나 교통이 엉망이었다. 위치, 예산, 식사 가

16. 05. 07

능 여부 이 모든 게 합격인 곳은 시설이 좋지 않았다.

　장소물색 막바지 즈음에야 우리는 시설은 좋지 않지만, 그 외의 모든 것은 맘에 들었던 오래된 커피숍을 찾을 수 있었다. '나의 예쁘고 멋진 결혼식을 만천하에 알리겠노라'라는 마음을 조금 버리니 많은 것이 수월해졌다. 그렇게 서로 위로하며 결혼식 첫 번째 관문인 예식장소를 계약했다.

　계약금을 지급하고 나니 우리의 결혼이 '실화'라는 게 확실히 와 닿았다. 가장 난이도가 높은 미션을 완수하고 나니 마음도 한결 가벼워지고, 이후의 준비과정들은 순조롭게 진행되었다. 그때 당시에는 '가난한 자가 결혼식을 한다는 게 보통 일이 아니구나'라는 마음에 하나하나씩 준비해 가는 즐거움을 온전하게 느끼지 못했다. 하지만 돌이켜 보면 함께 웨딩드레스로 입을 하얀색 원피스를 찾아다니기도 하고, 다양한 친구들을 만나러 다녔던 일들이 즐거운 추억으로 남았다.

　결혼식을 우리 손으로 준비하면서 무엇보다 좋았던 것은 희은이와 결혼에 대한 가치관을 나눌 수 있었다는 것이다. 그 시간은 부부간의 우정과 믿음이 한층 더 풍성해지는 시간이었다.

우리의 가난함 때문에 생긴 불편함이 몸은 고단하게 했을지라도 재물 따위와는 비교할 수 없는 서로를 향한 믿음의 씨앗을 심어줬다. 그리고 우리는 앞으로도 이 씨앗을 정성스럽게 가꿔 나갈 것이다.

추신	그림 그리는 희은 님. 나와 결혼해 주셔서 진심으로 감사드립니다.

오늘도 보통의 하루가 지나가

보통의 하루를 보낸다는 게 얼마나 감사한 일인지 나이 들수록 깨닫는다. 그럼에도 가끔은 남들과 다른 특별한 하루를 사는 인생이었으면 하는 바람이 불쑥불쑥 끼어든다. 곰곰이 생각해보면 특별한 삶이라는 건 참 고단한 인생일 것 같은데 말이다.

가령, 가는 곳마다 뭇 여성들이 전화번호를 물어본다든지, 걸핏하면 이벤트에 당첨되어 여기저기 불려 다닌다든지, 세상 모든 고양이가 나만 보면 부비부비를 한다든지(고양이를 무척 좋아하긴 하지만…), 갑자기 유명해져 가는 곳마다 나를 알아보고 사인 요청을 한다든지, 생각만 해도 정말 피곤한 일이다.

역시 나는 특별한 삶보다는 보통의 삶이 더 좋다.

보통의 여름

오늘도 보통의 하루가 지나간다.

34도가 넘는 무더위에 시원한 에어컨을 틀어놓고 달달한 천도복숭아를 한입 크게 베어 물고 있는 지금이, 멋진 보통의 날 아니겠는가.

좋아하는 것엔 '이유'가 없다

바다를 좋아한다. 바다가 있는 도시, 부산에서 태어났고 5, 6년 정도 서울에서 살았던 시간을 제외하면 대부분 바닷가 근처에 살았다. 지금도 그렇다. 특별한 이유는 없다. 의도한 것은 아니지만, 대부분의 여행도 항상 바닷가 근처였다.

누군가 나에게 '바다를 왜 좋아하세요?'라고 물으면, 이유를 줄줄 말하는 게 오히려 진짜로 좋아하는 느낌이 아닌 것 같아 '그냥…' 이라고 이야기 한다.

"바다를 좋아하는 특별한 이유가 있느냐?"라는 질문에 "저는 파도 치는 소리가 너무 좋고, 바닷물결이 일렁이는 모습이 아름다워서 바다를 좋아합니다."라고 이야기해 버리면 그것이 없어졌을 때 바다를 좋아하면 안 될 것 같은 기분이 든다. 그래

서인지 바다도 바다지만 정말 좋아하는 것에는 이유를 붙인 적이 거의 없다. 실제로 내가 좋아하지 않는 것에 이유를 만든 적이 더 많다. 일종의 좋아하기 위한 노력처럼 말이다.

붕어빵에 팥이 없으면 붕어빵이 아닌 것처럼, 이유가 있는 것에 이유가 빠지면 아무것도 아닌 게 되는 것이 싫다. 좋아하고 사랑하는 모든 것에 이유를 만들지 않으려 한다. 이유가 사라져 버려 사랑하는 것을 사랑할 수 없게 되는 슬픔을 맛보고 싶지 않다.

그게 바다든 사람이든.

부부 여러분, 잘 싸워봅시다

'키미앤일이'란 이름으로 일을 시작한 이후로 받은 질문 중에 항상 따라다니는 것이 있다.

"둘이서 같이 일하면 싸우지 않나요?"

초기에 이 질문을 받았을 땐 '싸우지 않는다'고 간단하게 답을 했다. 그리고 되돌아오는 말은 대부분 비슷했다.

"부럽다."

시간이 지나고 이런 질문들이 반복될수록, 혹시 사람들은 우리가 "부부가 함께 일한다는 게 참 녹록지 않습니다. 매일매일 싸워요"라고 대답해 주길 바라는 것일지도 모르겠다는 생각이 들었다. 많이 싸울 줄 알았는데 아니어서 실망한 건가? 아니면 약간의 질투일지도?

'싸우지 않는다.'라는 대답은 이제는 조금 변해서 '거의 싸우지 않는다.' 로 바뀌었고 이 상태를 유지하고 있다.

서로 다른 두 사람이 만나 한 공간 안에서 삶을 영위한다는 것 자체가 여러 가지의 의미를 담은 기적이라고 생각한다. 팍팍하게 말해 양보해야 할 것도 한둘이 아니고, 받아들여야 할 것도 산더미 같다는 뜻이다. 그 와중에 끊임없이 '나'를 어필해야 한다. 그 일은 만만한 일도 아니고 결코 유쾌하기만 한 일도 아니다. 하지만 외면해선 안 될 중요한 일임이 틀림없다.

더 놀라운 사실은 이와 동시에 서로 사랑하며 살아가야 한다는 것이다. 기적이지 않은가?

꼭 싸우지 않기 위한 목적으로 시작한 것은 아니지만 변변찮은 서로의 지난 이야기를 즐겁게 들어주고, 몰랐던 상대방을 조금씩 알아가고 수용하는 일들을 해 나갔다. (여전히 진행 중입니다. 최근에도 몰랐던 사실을 알게 되었어요.) 그 시간이 마냥 행복한 것은 아니었지만, 선물 같은 소중한 시간임은 분명하다.

의미 없는 감정싸움이 아니라 문제를 해결하기 위한 서로의 노력만 있다면, 부부 싸움이라는 행위와 그 양은 중요하지

않다는 것을 깨달았다. 싸우면서 발생하는 유쾌하지 않은 감정을 느끼기 싫어 그것을 외면해 버리고자 무늬만 양보인 것을 행한다면 결국은 본질적인 것이 해결되지 않는다. 단순한 양보가 아닌 상대방이 여태껏 살아온 삶에 대한 존중이 내 마음속에 있느냐 없느냐의 문제인데 그 삶을 존중하려는 마음이 조금이라도 있다면, 나와 다름을 수용하는 것이 어렵지 않을 것이다. 내가 사랑하는 사람이라면 존중하는 마음 정도는 충분히 가져 줄수 있지 않을까? 남은 삶을 동행할 사람인데 말이다.

자 여러분, 이제 앞으로 싸우더라도 잘 싸웁시다. 화이팅!

우리는 작업을 할 때, 우리가 기획한 일이든 외주 일이든 각각 독립된 프로젝트 개념으로 일을 처리한다.

○○ 출판사 표지 디자인 = 프로젝트 한 개
○○○과 콜라보레이션 = 프로젝트 한 개
바게트 호텔 2권 만들기 = 프로젝트 한 개

대충 이런 식이다. 일이 많을 땐 한 달에 여섯 개 이상의 프로젝트를 할 때도 있다. 여섯 개를 차례대로 끝내는 게 가장 이상적이지만, 불행하게도 일이 몰리는 경우가 많아 여러 개를 동시에 진행하는 편이다. 무슨 차이냐 물으신다면, 프로젝트가 끝날 때까지 여섯 개의 생각과 고민을 동시에 해야 해서 머릿속이 늘 복잡하다는 것이다. 이렇게 몇 달을 하고 나면 진이 빠지는 기분이 든다.

그래서 이 시점에는 반드시 충전이 필요하다. 조심스럽게 이야기하는 건데 사실 글을 쓰는 지금이 그렇다. 이번 프로젝트에서는 유난히 희은이가 고생이 많았고, 앞으로도 한두 달은 더 힘을 내야 하기에 동기부여 차원에서 내가 할 수 있는 게 없을까 고민하다가 "이번 프로젝트 끝나면 혼자 여행 다녀올래?"라고 멋지게 말했다.

내가 생각해도 그때의 나는 멋졌다.

이왕 멋진 김에….

"파리도 좋고, 이탈리아도 좋고, 네가 가고 싶은 곳 어디든 다녀와. 두 달 정도 혼자만의 시간을 가지면서 머리도 식히고, 맛있는 것도 먹고, 푹 쉬다 와."

아마도 이때의 나는 내 멋에 내가 취하지 않았나 싶다. 하지만 그 '멋'은 그리 오래가지 못했다. 얘기를 꺼내놓고 며칠 동안 내 머릿속을 지배한 생각이 '과연 내가 희은이 없이 두 달을 무사히 보낼 수 있을까?' 였다.

괜찮을거야......

무엇보다 공허함이 클 것 같았고, 그 공허함을 오롯이 혼자 이겨낼 자신이 없었다. 시간이 지나면 지날수록 두 달은 불가능하다는 결론에 도달했다.

찌질함을 무릅쓰고 "내가 며칠 동안 생각해 봤는데 아무래도 두 달은 좀 힘들 것 같아. 한 달만 다녀오면 안 될까?"라고 말해 버렸다. '응?' 이런 표정을 짓고 있을 그녀의 얼굴을 보는 게 힘들어 고개를 푹 숙인 채 말했다. 그럴 줄 알았다는 웃음을 띠고 있는 게 느껴져 몸 둘 바를 몰랐지만, 다행히도 그녀는 흔쾌히 수락해 줬다. 내가 멋있어지려고 했는데, 희은이가 더 멋져 버렸다.

'한 달 정도는 괜찮을 거야. 애도 아니고 그동안 나도 혼자만의 시간을 가지면서 휴식을 취하면 되지. 요즘 배달음식도 다양하고, 간만에 친구들도 좀 만나고 글도 쓰고 텔레비전도 보고 게임도 좀 하고 밀린 마블 시리즈도 좀 보고. 할 거 많네. 이 정도면 한 달 정도야 버틸 수 있겠지.'

'괜찮다'에서 '버틸 수 있다'고 말하는 순간, 그 말이 내 감정을 사로잡았다. 한 달도 힘들다는 것을 깨달은 것이다. 하지만 한 달에서 시간을 더 줄이자는 말은 차마 하지 못했다. 염치도 없이 어떻게 말해. 아직 프로젝트 끝나려면 멀었으니까 나중에 생각하자.

희은투어 2

희은이는 며칠 동안 상당히 설레여 보였다. 어디로 여행 가
야 하나 찾아보며 좀처럼 결정을 하지 못하며 내심 결정장애를
즐기고 있는 듯했다. 아직 행선지는 정하지 않았다고 말하고 있
지만, 마음속으론 파리로 정한 듯 보였다. 여행 다녀오라 말하
길 잘했다는 생각과 한 달 동안 혼자 있을 걱정에 복잡한 감정
인 내 맘도 몰라주고 저렇게 신나하다니 '흥, 칫, 뿡' 이란 마음
이 들기도 했다. 하지만 오랜만에 활짝 웃는 모습을 보니 기분
은 좋았다.

며칠이 더 지났을까? 이런저런 이야기를 하는 중에 희은이
가 갑자기 말했다. "여행 다녀오는 거 2, 3주면 될 것 같아." 살
짝 놀라긴 했지만 속으로 쾌재를 불렀고 태연한 척 말했다. (아
직까진 멋진 나로 보이고 싶어서) "아니야. 한 달 다녀와. 오랜만에

가는 건데 2, 3주는 좀 짧은 거 같아. 나는 신경 쓰지 말고(흑흑) 한 달 다녀와. 혼자 잘 있을 수 있어." "음…. 생각을 해봤는데 2주 정도면 충분할 것 같아. 다음에 또 오빠야랑 같이 가면 되지."

"흠~흠~."
쓸데없이 마른기침하며 못 이기는 척 말했다.

"그럴래?"
하하하 민망한 건 잠깐이니까. 꾹 참자.

며칠 동안 노심초사하던 것들이 순식간에 해결되는 순간이었다. 아무래도 내가 끙끙 앓고 있던 게 신경 쓰였나 보다. 희은이도 두 달이든 한 달이든 여행은 길게 가는 걸 선호하는데 찌질한 나 때문에 양보한 것 같아서 고맙기도 하고 미안하기도 했다. 처음부터 내가 주제도 모르고 호기 부렸나 보다. 하여튼 결국 두 달에서 이 주로 바뀌면서 '희은투어'에 관한 일화는 마무리되는 듯했다.

하지만 예기치 못한 일은 또다시 일어났다. 왜 때문에 내 머릿속에 이런 생각이 들었는지 모르겠지만 "희은아 여행 다녀올때 파라부트˚ 신발 좀 사달라고 부탁하면 사다 줄 거야? 파리에 파라부트 매장 있을텐데."라고 물었다. "응~응~ 사다 줄게."라는 희은이의 대답에 나는 신나게 파리에 있는 파라부트 매장위치를 검색하기 시작했다. 그러던 사이 나도 모르게 파리여행에 흥미를 느끼게 된 것이다. 대부분의 인터넷 검색이 그렇듯꼬리에 꼬리를 물거나 때론 전혀 다른 방향으로 틀어지기도 하듯 매장 찾기에서 시작된 검색은 파리의 관광 명소와 여행지로자연스럽게 바뀌었다. 더 큰 문제는 희은이가 멋진 장소들을 계속해서 찾아 나에게 보여 주는 것이었다. 계속해서 보여 주는파리의 아름다운 모습을 보면서 맘속으로 같이 갔으면 좋겠다는 생각이 싹트기 시작했다.

혼자만의 시간이 필요하다는 판단이 들어서 희은이에게 여행을 권했었다. 둘이서 함께 여행을 떠난다면 물론 재밌는 여행

● 프랑스의 슈즈 브랜드

은 되겠지만, 그녀에게 온전한 휴식이 취해질까? 그건 장담 못할 일이다.

나도 가고 싶긴 하지만 참아야지. 참아야지. 참아야지.
참을 수 있다.

하..
정말 참을 수 있었다. 어느 날 TV 예능 프로그램 중에 여행 프로를 같이 보고 있었는데 마침 프랑스 국경에서 독일로 넘어가는 내용이었다. 둘 다 재밌게 보고 있는 와중에 나도 모르는 사이 입에서 새어나온 말이라는 게…, "아~ 나 유럽 한 번도 안 가봤는데………."였다.

하아…. ;;;;

결국, 희은이는 나에게 "같이 가자! 파리"라고 말했고, 그때부터 내 마음은 심하게 요동치기 시작했다.

희은투어 3

중국 출장을 다녀와야 할 일이 생겼다. 2박 3일의 일정이었는데 업무는 하루만 보면 끝이었고, 나머지 시간은 중국에 있는 친구를 만날 계획이었다. 솔직히 말하자면 업무 핑계 삼아 친구를 보러 가는 목적이 컸다.

근 팔 년 만에 보는 것이기도 했고, 힘든 프로젝트의 보상으로 희은이가 파리여행을 가기로 했다면, 나의 보상으로는 2박 3일 정도의 중국 여행이면 좋을 것 같았다. 뭐 이런 거는 아무래도 상관없었는데 걱정스러운 일이 있었다. 희은이와 함께한 사 년이라는 시간 동안 이번 2박 3일이 가장 오랫동안 떨어져 있는 시간인데, 과연 내가 희은이 없이 3일을 잘 버틸 수 있을까? 하는 의문이 들었다.

안녕?

무슨 일이든 경험을 하기 전에는 자신감이 제법 있는 타입이라. 티켓팅 하기 전에는 '뭐 2박 3일 정도야 내가 애도 아니고'였고, 항공권 발급받고 나서는 '2박 3일 정도는 괜찮을 거야'였으며, 중국으로 날아오른 비행기 안에서 '2박 3일은 불가능할지도 모르겠다.'라는 혼잣말을 연신 내뱉고 있었다.

오랜만에 느낀 중국의 더위는 괴로웠다. 더위에 대한 짜증인지 고통인지 모를 감정이 가중될수록 2박 3일을 희은이와 떨어져 있어야 한다는 현실이 더 힘들게 다가왔다. 그나마 오랜만에 만난 친구라 쉬지 않고 수다를 떤 덕분에 그 시간을 견딜 수 있었다. 무사히 귀국하고 희은이와 상봉의 기쁨을 누린 후 다짜고짜 말했다.

"2박 3일도 힘든데 2주는 불가능해! 나도 여행 같이 가자!"
이리하여 결국 프로젝트 마감 후 떠나는 '희은투어'는 결국 함께 하기로 했다.

치톤피드

"하하하하하학"

'치톤피드'라는 말을 듣고 터져버린 희은이의 웃음소리다. 피톤치드라는 글을 보고 피톤치드●라고 읽었는데, 정작 입 밖으로 새어 나온 소리는 '치톤피드'이다. 이것뿐만이랴.

산책 중에 치킨집 간판을 읽었는데 (희은이와 나는 간판을 읽는 습관이 있습니다.) "하하하하하하하학"하는 소리와 함께 팔뚝으로 희은이의 찰진 손바닥이 날아 들어왔다. (희은이는 정말 웃길 때는 나를 때리는 습관이 있답니다.)

'강정이 기가 막혀'라는 간판을 '강정이가 기막혀'라고 읽은

● 숲 속의 식물들이 만들어 내는 살균성을 가진 모든 물질을 통틀어 지칭하는 말

것이다. '주문 떡 전문'을 '전문 떡 주문'으로 읽고 '사누끼 우동'을 '사끼누 우동'으로 읽는 식의 실수인데 틀린 글은 없지만, 순서를 잘못 읽어 생긴 것들이 많다. 이런 실수가 너무 잦아서 셀수가 없을 지경이다.

추측인데 성격이 급한 나머지 순서대로 읽지 못하고 나도 모르게 뒤에 있는 글자를 먼저 읽어서 이런 일들이 생긴 것은 아닐까 싶다. 1, 2, 3, 4, 5 이렇게 읽어야 하는데 1, 3, 4, 2, 5 이런 식으로 읽어버리는 것이다.

최근에는 한술 더 떠서 글을 쓰는 와중에 '인문학'을 써야 하는데 죄다 '인묵한'이라고 쓰고 있는 걸 뒤늦게 발견하고 깜짝 놀랐다. 이젠 읽는 것을 넘어 쓰는 것조차 이러고 있다.

몇 년 전인지 기억도 잘 나지 않지만, 작곡가 주영훈씨가 TV 쇼에 나와서 비슷한 이야기를 한 적이 있다. 정확한 내용은 가물가물하지만, 뉘앙스는 확실하게 남아 있는데 '생각보다 행동이 빨라서 생긴 에피소드'에 대한 이야기였다. 예를 들어 창문 밖으로 얼굴을 내밀어 바깥 풍경을 보고 나서는 머리를 채 빼기도 전에 먼저 창문을 닫아 버린다는 둥 하는 뭐 그런 이야기였다. 그 이야기를 들었을 땐 말도 안 된다며 콧방귀를 꼈는데, 지금 보니 나의 행동들도 이와 같은 맥락일지 모르겠다. 아마 세상에는 이런 분류의 사람들이 있는 거 같다. 뇌와 몸의 속도가 다른 사람들 말이다.

우리는 미안하다

'김치가 매우니 놀라지 마세요.'

얼마 전에 갔던 칼국수 집에 적혀 있던 문구다. 저 멀리서도 한눈에 볼 수 있도록 커다랗게 적혀 있었다.

'도대체 얼마나 맵길래. 김치가 매워 봤자지.'

꿍얼꿍얼 거리면서 테이블에 있는 김치통(설렁탕 집에 있는 김치, 깍두기가 담겨 있는 미니 장독대)에서 잔뜩 김치를 꺼내 먹기 좋은 크기로 잘랐다. 칼국수를 기다리면서 심심한 입을 달래려 김치를 조금 먹었는데, 세상에. 태어나서 먹은 김치 중에 제일 매웠다.

혀와 입술 그리고 미각이 마비될 것 같은, 아니 마비되어 버리고도 남는 매운맛이었다. 칼국수를 먹는 내내 매운 기운을 잠재우기 위해 면을 입에 욱여넣기 바빴다. 그 와중에 가장 걱정되었던 것은 호기롭게 잘라버린 엄청난 양의 김치였다.

칼국숫집 사장님은 분명히 크고 새빨간 색을 사용해서 경고를 줬는데 내가 왜 그랬을까? 그릇에 담아놓은 이 많은 김치를 어떻게 해야 하나? 국물에 감춰서 버릴까? 아니야. 경고를 무시한 내 잘못이니 먹어야지. 근데 다 먹을 수 있긴 한 걸까?

내적 갈등이 심했지만, 결국 사장님의 경고와 김치를 무시했던 미안한 마음 때문에 이를 악물고 칼국수와 김치를 다 먹었다. (물론 국물에 수차례 김치를 헹궈야 했습니다.)

칼국수와 물로 빵빵하게 채워진 배였지만, 매운맛의 여운을 완전히 없애버리고 싶어 칼국숫집을 나오자마자 바로 근처에 있는 팥빙수 집에 갔다. 우리는 두 사람이었지만 배가 너무 불러 한 그릇만 시키고 싶었다. 하지만 미안한 마음에 두 그릇

김치가 매우니

놀라지 마세요.

을 시켰다. 적당히 먹고 남기는 것이 마음이 편해서 그러려고
했는데, 팥빙수 가게 사장님께서 정성스럽게 쑨 팥을 남기기가
또 미안한 마음이 들어 더는 욱여넣을 공간이 없음에도 꾸역꾸
역 팥빙수를 입안으로 밀어 넣었다.

　　언제인가 집 근처에 수제 햄버거 가게가 생겼다. 새로운 곳
에 대한 궁금증도 생기고, 햄버거도 맛있어 보여 가봤다가 맛에
반해버려 종종 가게 됐다. 둘이서 햄버거 두 개와 감자튀김 한
개, 탄산수 한 병을 시키면 남김없이 먹기 좋은 양이라 자주 이
렇게 시켜 먹었다.

　　오픈 초기에 자주 가서 그런지, 어느 순간부터 콜라 한 개를
계속해서 서비스로 챙겨 주셨다. 하지만 둘 다 콜라를 좋아하지
않는다. 생각 같아선 먹지 않고 그냥 두고 나오고 싶었지만, 괜
스레 미안한 마음이 들어서 억지로 콜라를 먹었다. 나중에는 억
지로 콜라를 먹지 않으려 우리에게 알맞은 양을 포기하고 탄산
수 한 병을 더 추가로 주문해 버렸다.

　　정확하게 어느 포인트인지도 잘 모르겠고, 딱히 우리가 잘

못한 것이 없음에도 왜 계속해서 미안함을 느끼는지 모르겠다.

이 정체 모를 미안함의 정점은 우리가 사는 아파트 로비에서 벌어졌다. 로비에는 24시간 직원이 있다. 낮에는 서 있고 밤에는 앉아 있는데 사람이 들어올 때마다 45도 이상 허리를 숙여 인사를 한다. 이게 아파트 측에서 내세우는 격식 있는 서비스에 포함되는지 모르겠지만 이 억지스러운 서비스의 일종인 45도 인사가 부담스러워서 우리는 집 밖을 나서는 게 불편하고 미안해졌다.

쓰레기를 버리러 갈 때나 편의점에서 물을 하나라도 사려면 로비를 지키고 있는 분과 최소 두 번 대면해야 하는데 그때마다 이 분은 벌떡 일어나 '안녕하십니까?'라며 45도로 꾸벅 인사를 한다.

이게 정말이지 너무 미안하다. 그래서 우리는 뒷문으로 몰래 들어간다거나, 남들이 들어갈 때 같이 들어간다거나, 눈에 띄지 않게 허리를 숙이며 후다닥 뛰어들어간다거나 하는 식으로 최대한 인사를 받지 않기 위해 사투를 벌이곤 한다.

　　대체 왜 이런 것에 미안함을 느껴야 하는지 알 순 없지만, 이 마음 때문에 집 밖을 나서고 다시 들어오는 순간이 힘든 일 중의 하나가 되어 버렸다. 이런 증상도 무슨 무슨 증후군처럼 이름이 있지는 않을까 궁금하다.

괜찮아, 사랑이야

매년 여름의 끝자락이 다가올 때면 생각나는 드라마가 있다. 이미 여러 번 시청한 드라마이기 때문에 첫 화가 끝난 다음에 무슨 내용이 이어질지 뻔히 알면서도 계속해서 보고 싶어 네다섯 화를 내리 보게 된다.

다음 화만 보고 자야지 자야지 하다가 결국 새벽 서너 시가 넘어서야 겨우 잠자리로 간다. 몇 번이나 봤던 드라마임에도 늘 이런 식이다. 이뿐이 아니다. 매번 같은 장면에서 웃고, 같은 장면에서 울곤 한다.

드라마를 처음 봤을 때만큼의 긴장감은 없지만 그래도 드라마를 볼 때마다 여전히 가슴이 먹먹하다. 다만 처음과 다른 것은 어떤 엔딩을 맞이할지 알고 있는 덕분에 그나마 덤덤하게

슬픔을 맞이할 수 있다는 것이다. 그래서 마음 놓고 슬퍼하며 눈물을 흘린다.

희은이와 나는 해피엔딩주의자여서 드라마든 영화든 해피엔딩을 좋아한다. 그것이 조금 뻔한 엔딩이라도 말이다. 드라마의 끝이 행복하다는 것을 알고 있어서 그래도 안심하며 눈물로 사흘 밤을 지새운다. 올해도 역시 많이 울었다. 내년에도, 내후년에도 여름의 마지막이 가까운 어느 날 밤에는 이 드라마를 보면서 울고 있을 것 같다.

15년 전 누나는 극심한 우울증에 시달렸다. 지금도 그때를 생각하면 여전히 왼쪽 가슴이 시리다. 우울증을 앓았던 누나는 겉으론 멀쩡해 보였지만, 시도 때도 없이 헛소리를 했었다. 처음 누나의 그 모습을 봤을 때 엄마는 울었고, 아빠는 한숨을 쉬었고, 나는 무서웠다.

간단하게 생각하면 누나는 정신이 아픈 것뿐이었다. 아프면 병원 가서 약 먹고 치료하면 그뿐이다. 하지만 그 당시 우리에겐 생소한 병이었다. 그 병에 대한 정보도 없었고, 개념도 없었다. 그래서 가족인 우리도 처음에는 감당하기 어려웠다. 다행히도 주변의 도움과 누나의 노력으로 치료를 받을 수 있었다. 덕분에 지금은 잘 지내고 있다.

그리고 나는 뒤늦게 노희경 작가의 〈괜찮아, 사랑이야〉란 드라마를 보게 됐다. 보는 내내 송곳으로 콕, 콕, 찌르는 것처럼 가슴이 아팠고, 누나 생각이 나서 더 마음이 아팠다. 가슴과 마음이 동시에 아픈 적은 참 오랜만이었다. (이미 보신 분들도 많이 계시겠지만, 아직 접하지 못한 분들을 위해 간단하게 말씀드리면 '정신병을 앓고 있는 환자'들의 이야기를 담은 드라마입니다.)

우리는 "야, 이 암환자 새끼야 !"라는 욕은 하지 않지만, "저 정신병자 같은 놈 보소!"라는 말은 너무 쉽게 한다. 암환자는 매우 아픈 사람이라고 인식되어 그런지, 예의를 지켜주며 비하하며 사용하지 않지만, 정신병자는 너무도 쉽게 비속어로 사용한다. 슬픈 일이다. 정신병자들도 아픈 사람이긴 매한가지인데 말이다. 그만큼 우리 사회에서 정신병에 대한 인식이 가볍거나 좋지 않다는 이야기 같다.

나는 이 드라마를 가능하면 많은 사람이 봤으면 좋겠다. 그래서 정신병에 대한 편견이 조금이라도 깨어졌으면 하고 바란다. 드라마가 재밌어서 매년 보는 것도 있지만, 마음가짐을 다시 잡을 수 있도록 도와주기에 어김없이 챙겨 본다.

나중에 나이가 들면

이곳에 다시 와서 집을 짓고 살 거야.

몇 년이 걸릴지 모르겠지만,

너무 늦지 않을 거야.

꼭 최연소 마을이장이 되어야지.

4장

나는

도시에서 태어났고

도시에서 학교에 다녔고

도시에서 직장생활을 했고

도시에서 짝을 만나 결혼했다.

그리고 여전히 도시에 살고 있다.

유년시절 명절이나 방학이 되면 친구들은 할머니, 할아버지가 계신 시골을 가곤 했지만, 우리 할머니 또한 도시 사람이라 나는 시골에 놀러 간 기억이 거의 없다. 아무래도 내 시골에 대한 로망은 '결핍' 때문인 거 같다.

20대가 거의 끝날 무렵의 어느 여름, '남해'라는 곳으로 여

행을 갔었다. 그때의 나는 사는 게 무척이나 바빴다. 지금 와서 돌이켜보니 20대가 끝날 무렵까지 제대로 된 휴가 한번 가지 못했다. 그래서 남해로의 여행은 설레기도 했지만, 이렇게 맘 편히 놀아도 되나 모르겠다는 식의 자책도 함께였다. 다행히 눈 앞에 아름다운 자연이 펼쳐지자 불안했던 청춘의 마음도 잠시 내려앉았다.

따뜻한 햇볕이 잔잔한 바닷물결에 부딪혀 반짝반짝 거리는 장면들과 그때 느꼈던 미묘한 두근거림이 아직도 생생하다. 같은 곳을 바라봤던 그때의 친구들은 기억도 못하겠지만, 반짝이는 은빛 바다를 보면서 "나중에 나이가 들면 꼭 이곳에 다시 와서 집을 짓고 살 거야. 몇 년이 걸릴지 모르겠지만, 너무 늦지 않을 거야. 꼭 최연소 마을이장이 되어야지."라고 다짐했었다.

여행을 마치고 일상으로 돌아와서도 나는 한동안 '남해'에 가고 싶다며, 그곳에서 '최연소 이장'을 할 거라며 입버릇처럼 떠벌리고 다녔다. 말은 그렇게 했지만 그때는 그 일들이 실제로 벌어질 거라고 생각 못했는데 십 년의 세월이 흐른 뒤 그곳에서

살아가고 있었다. 그것도 좋은 사람과 함께 말이다. (최연소 이장은 실패. 하하하)

　그 시절 남해여행에서 얻은 마음의 안식과 시골에 대한 내 로망이 나를 이곳으로 이끌었는지, 아니면 그냥 어쩌다 보니 이곳으로 흘러 왔는지 모를 일이지만 남해에서 살아 볼 수 있어 참으로 좋았다.

봄과 파초

영원히 봄이 오지 않을 것만 같았던 지독하게 추웠던 지난 겨울. 바게트 호텔의 뒷마당에 심어진 '파초' 가 얼어 죽었다.

추위에 약한 식물이긴 하지만, 남해는 따뜻해서 괜찮다고 했었는데…. 파릇하고 싱그러운 파초의 초록 잎은 지푸라기 옷 한 겹만 걸쳐 줬더라면 동사하지 않았을 것이다. '이 일만 끝내고….'를 반복하다 때를 놓쳐 결국 입혀 주지 못했다.

나의 불성실함이 한 생명을 죽음으로 몰았지만, 죄책감마저 얼어 붙일 정도로 그 겨울은 추웠다. 겨울을 견딜 수 있는 다른 식물을 위해서 죽은 파초의 줄기 끝을 잘랐다. 줄기 속에서 슬러시같은 살얼음이 나왔다. 살얼음을 보니 슬픔인지 미안함인지, 아니면 돈이 아까워서인지 모를 쓸쓸함이 몰려왔다.

파초의 죽음으로 인한 쓸쓸한 마음과 함께 겨울의 추위는 점점 맹렬해져 갔다. 봄이 빨리 오길 바라는 간절함이 이토록 컸던 겨울은 처음이지 않았나 싶을 정도로 너무나 추운 겨울이었다.

다행스럽게도 끝나지 않을 것 같던 추위도 조금씩 누그러지고, 오지 않을 것 같던 봄이 오고 있음을 느꼈던 어느 날. 파초 모양의 작은 싹이 흙 위에 피어난 것을 보았다. 잡초일 수도 있겠다 싶었지만 파초이길 바랐던 그 싹은, 날이 완전히 풀린 봄이 시작됐을 때 건강한 파초가 되어 있었다.

그렇게 봄이 왔다.

가을타기 좋은 날

가을을 연례행사처럼 타야 한다면 언제부터 준비해야 할까?
한창의 여름이 좋을까. 여름의 끝자락이 좋을까.

이런 고민을 해봤자 내년 여름이 되면 뜨거운 태양과 맞서
느라 아무런 대비도 못 하겠지.

그래서 늘 가을을 타나 보다.
매년 타서 익숙할 법도 한데 여전히 낯선 기분이다.

가을

그리운 남해

　　시골생활의 로망이 현실로 이루어졌을 때의 설렘은 지금도 잊고 싶지 않은 애잔한 추억으로 남아있다. 희은이와 멍하니 서로를 바라보던 모습, 행복한 설렘을 참지 못해 새어 나온 미소, 경험하지 못한 미지의 세상을 향한 기대와 들뜬 마음들이 뒤섞여 잠을 설친 그날 밤.

　　이 모든 것들은 남해를 떠나온 지금도 여전히 그립다.

　　남해에서 그리 오랜 시간을 보냈던 것은 아니지만, 어찌나 강렬한지 고향인 부산으로 돌아온 지금이 마치 고향을 떠나 타지로 온 것 같은 착각이 든다. 고향의 향수를 그리워하는 사람처럼 문득문득 그 시절의 장면들이 예고도 없이 스윽 스며든다.

호수처럼 잔잔한 바닷가에 앉아 멍하니 풍경을 감상하며 치유 받았던 날들, 아무도 없는 시골 길을 걸으며 함께 나눈 대화 속에서 서로 더 알아가고 이해할 수 있었던 시간, 아침을 깨우는 알 수 없는 다양한 자연의 소리, 풀냄새, 흙냄새, 상쾌한 공기, 기분 좋은 햇살, 아름답게 빛나는 별들과 달빛……. 이 모든 것들이 여전히 여전히 그립다.

소파베드

태어났을 때부터 덮었던 이불을 결혼 전까지 소중하게 간직하던 친구가 있다. 걸레보다 더 너덜너덜해져 버린 수건만 한 이불의 냄새를 맡으며 잠을 청하는 모습을 본 적이 있다. 그 광경을 처음 봤을 땐 그것이 어렸을 때 덮었던 이불인지 모르고 친구가 걸레를 덮고 자는 줄 알고 적잖게 놀랐었다. 사연을 들어보니 이불 깊이 베어 있는 어린 시절의 향을 맡으면 잠이 잘 온다고 했다. (친구만 알고 친구만 맡을 수 있는 그런 향이겠지.)

그 이야기를 들었을 때 '나도 그런 소중한 물건이 있으면 좋겠다'는 생각에 친구놈이 무척이나 부러웠다.

그 생각을 한지 십 년이 지난 지금, 나에게도 비슷한 물건이 생겼는데 그것은 바로 손님용으로 급하게 사들인 소파베드°다.

● 싱글 또는 더블베드로 펼쳐지거나 앞뒤로 접어서 이용할 수 있는 조립식 침대

손님이 다녀간 이후 소파도 침대도 아닌 애매한 그것을 물끄러미 바라보다가 '이 애매한 물건에서 잠이 편하게 왔을까?'라는 생각이 들었다. 손님 접대용으로 사들인 것이긴 하지만 어차피 우리가 쓸 물건이니 한번 자보기로 했다.

그날의 잠을 뚜렷하게 기억하고 있다. 거의 온종일 침대에서 벗어나지 못하고 기력이 다한 늙은 강아지 마냥 늘어져 있었다. 당시에는 많이 피곤했나 보다 하고 별일 아닌 듯 지나갔다. (뭐 그렇다고 큰일인 것도 아닙니다.) 그런데 그 이후로 그 소파베드에서 잠을 잘 때마다 심하게 늦잠을 잤다. 멀쩡한 침대에서 잘 땐 더 자고 싶어도 아침이면 눈이 떠지곤 했었는데 등받이와 방석 부분이 분리되어 누우면 등허리가 배길 법도 한 소파베드에서는 사경을 헤매는 사람처럼, 영원히 일어나지 못할 기세로 잠을 잤다.

이게 좋은 것인지, 나쁜 것인지 구별이 되지 않는다. 소파베드의 잠자리 궁합이 너무 좋아서 숙면을 취하는 건지, 반대로 너무 불편한 나머지 피로가 풀리지 않아 오래오래 자는 건지 모

르겠다. 어쩌면 잠자리의 방향이나 터가 달라서 그럴지도 모른다고 생각했는데 이사한 집에서도 똑같은 현상이 되풀이 되었다. 최근에는 오후 1시가 넘도록 소파베드에서 잠을 잔 적도 있다. 진짜 '터' 때문일 거로 생각했는데 아무래도 아닌 것 같다. 이게 좋은 것인지, 나쁜 것인지 아직도 모르겠지만, 드디어 나도 '친구의 이불' 같은 물건을 가졌다고 생각하기로 했다.

캠핑 대신, 야외 테이블

삼 년 전이었던가. 무더운 여름날, 작은 차에 온갖 장비를 꾸역꾸역 싣고 캠핑하러 다녔다. 그늘 하나 없는 뜨거운 여름의 야영장에서 땀을 뻘뻘 흘리며 텐트를 설치하고, 챙겨온 재료들로 요리도 하고, 그림 그리는 재료를 가져와 당시 한창 구상하고 있던 《바게트 호텔》에 대한 이야기를 끄적였다. 모기와의 사투 때문에 투덜거렸던 짜증 가득한 일들까지 문득문득 떠오른다.

그 기억이 수시로 떠올라서 우리는 늘 캠핑이 가고 싶다. 한창 열심히 다녔던 캠핑을 일이 바빠져 가지 못하게 된 이후로도 쇼핑센터 같은 곳을 가게 되면 캠핑장비를 사곤 한다. 사용하지 못할 것을 알면서도 말이다. 캠핑은 못 가고 있는데 장비는 계속해서 늘어만 가는 중이다.

저녁을 먹으려던 어느날 식탁에 널브러진 일거리며, 책이며, 노트북 따위를 치우는 게 귀찮아 거실 한쪽에 야외테이블과 캠핑용 의자를 펼치고 식사를 한 적이 있다. 캠핑을 갔을 때의 기분도 얼추 나는 것 같아 좋았다. 그 후로 멀쩡한 식탁과 의자를 놔두고 계속해서 거기 앉아 밥도 먹고, 커피도 마시고, 텔레비전도 보고, 수다도 떨며 논다.

아무래도 캠핑 가기 전에는 테이블 접기는 힘들 것 같다. 올해가 가기 전에 테이블을 접을 수 있을지 모르겠다.

아, 캠핑가고 싶다.

주변 정리

주변환경에 비교적 둔한 편이다. 이를테면 소파에 옷들이 산더미처럼 쌓여도 아무렇지 않고 책상에 이런저런 잡동사니들이 빼곡히 들어차 있어도 일하는 것이 불편하지 않다. 그래서 딱히 정리해야겠다는 생각도 잘 들지 않는다. 이렇다 보니 내 주변은 항상 어지럽다.

반면 희은이는 스트레스를 받으며 견디는 타입이랄까? 정리되지 않은 상황을 비교적 잘 참다가도 일이 뜻대로 되지 않는다거나 어지러움의 효용치가 한계에 도달하면 곧장 정리를 시작한다. 나의 한계치는 끝이 없는 관계로 주변 정리를 하는 것은 늘 희은이의 몫이었다. (그럼에도 불구하고 흔한 잔소리와 분노 표출을 한 번도 하지 않은 희은 님께 감사와 사과를 동시에 바치는 바입니다.)

최근에는 너무 바쁘기도 하고 체력적으로도 힘에 많이 부쳐서 둘 다 정리하는 것을 내려놓고 있었다. 희은이는 스트레스를 듬뿍 받으며…. 물론 나는 아무렇지도 않았다.

그러던 어느날 진행하고 있는 거의 모든 일의 정점이 점점 다가왔고, 동시에 감당하기 힘들 정도로 많은 것이 내 속에 들어찼다. 들숨 한 줌 들어갈 틈도 없이 빼곡한 나머지 곧 터질 것 같은 기분이 들었다. 한계에 봉착한 것 같은 느낌이랄까?

글도 써지지 않고, 머리도 돌아가지 않고 뒤죽박죽 엉망이 되자 나도 모르게 주변 정리를 하기 시작했다. 청소라도 해야 내 속에 여유가 생길 것 같았다. 주섬주섬 옷가지들을 치우고 있는 내 모습을 보며 희은이는 내 마음을 이제는 알겠느냐는 듯이 피식 웃었다. (사실 치웠다기보다는 옮겼다고 말하는 게 맞지 싶습니다. 허허.)

그리하여 오래 시간 거실 한쪽에 머물러 있을 줄 알았고, 희은이 손에 정리될 줄 알았던 야외 테이블은 비교적 빨리 내 손에 창고로 들어갔다.

BYE BYE.

가고 싶다, 여행

인생의 대부분이 그저 그런 하루인데, 어떤 하루는 조금 특별해지고 싶다. 그저 그런 하루들도 그저 그랬음이 귀중하고 아름다운 시간이었음을 느끼는 추억의 때가 온다는 것을 알고 있지만, 그럼에도 그저 그런 하루의 그저 그런 게 싫어 좀이 쑤신다.

아무래도 여행을 다녀올 때가 된 거 같다.

목적지를 정할 때부터 이미 마음은 두근두근, 도키도키.
어디로 가지?

오키나와도 가고 싶고
파리도 가고 싶고
부다페스트도 가고 싶고

피렌체도 가고 싶다

오키나와를 가면 힐링이 될 것 같고
파리를 가면 내 온 감각이 영감으로 가득찰 것 같고
부다페스트를 가면 글이 술술 써질 것 같고
피렌체를 가면 감성이 폭발할 것 같다.
어디로 가지?

오키나와는 5~9월은 너무 더우니까 이때는 피해서 가야 하
는데 어차피 그땐 일이 있어서 못 가니까 오키나와는 다음에 가
자. 파리는 비행기 표도 백 만 원이 넘겠지? 유럽에 가는데 4박
5일 같은 거는 말도 안 되지. 2주 정도는 갔다 와야 하지 않겠
어? 비행기 표에 2주 숙박비에 밥 먹고 쇼핑하고 하면 음…. 파
리는 조금 더 있다가 가자. 부다페스트도 피렌체도 비슷하겠지.
유럽은 지금 형편에는 아닌 것 같아.

…그럼 어디로 가지?

그냥….

다음에 가자.

텔레비전에 여행 예능 엄청나게 하던데 일단 그거 보면서 대리만족이라도 할 수 있는 게 어디야. 요즘 세상 많이 좋아졌네.

이런 패턴이 수없이 반복된 후에야 겨우 한번 떠날 수 있는 여행이지만, 이렇게 해서라도 가고 싶다. 여행.

남해의 아이러니

남해에 살았을 때였다. 높은 건물도 없는 정남향의 시골집은 날씨가 좋은 날에는 햇볕이 정통으로 내리쬐었다. 오래된 시골집이라 현관이랄 것도 없이 마당에서 신발을 벗고 집으로 들어가야 하는 집이었다.

덕분에 텃밭을 가꾸는 용도와 장마 대비 차원에서 큰 맘 먹고 산 장화는 장마가 오기도 전에 햇볕을 정통으로 받아 거북이 등껍질처럼 쩍쩍 갈라져 버렸다. 그뿐이랴, 물에 헹궈 널어놓은 고무장갑은 불에 탄 신문지처럼 바스락거리며 한 줌의 재가 되어 눈앞에서 사라졌다.

단열이라는 사치를 부리지 못한 우리 집은 장마와 함께 곰팡이의 습격을 정통으로 맞고 말았다. 희은이가 사준, 정말 아

아이러니

끼는 나의 검은색 폴로 가방, 남해와 찰떡궁합인 희은이의 라탄 피크닉 바구니, 결혼할 때 큰맘 먹고 산 수납장, 이 모든 것들이 곰팡이로 뒤덮여 망가지고 휘어졌다.

유독 추웠던 지난겨울, 지하수 펌프가 얼고 터지고를 반복하자 이대로는 안 되겠다 싶어 니트나 겨울 점퍼 따위로 펌프와 지하수 배관을 꽁꽁 싸맸다. 그럼에도 얼고 터지는 바람에 구매한 지 얼마 되지 않았던 내 겨울옷들까지 동원됐고, 그 옷들은 펌프가 뿜어낸 지하수에 젖어 걸레 조각이 되어 버렸다.

남해는 공기가 좋다. 나무도 많고 바닷물도 깨끗하다. 밤에는 별도 꽤 많이 보인다. 그곳에 있으면 몸이 건강해지고 맑아지는 것 같다. 내 몸은 점점 건강해지는 것 같은데 내 물건들은 왜 계속 망가지는 걸까?

남해살이의 아이러니이다.

단 하나의 프리미엄이라는 상술

텔레비전을 즐겨 보는 편이긴 하지만 본방송을 보는 게 아니라 다시보기 서비스를 주로 이용하기 때문에 'TV 광고'를 제대로 못 본 지 꽤 오래되었다. 그런데 최근 TV 광고를 실컷 본 적이 있었다.

어렸을 때는 광고를 보는 걸 좋아했다. 어른들은 광고시간이 길다며 허공에 핀잔을 띄우셨지만, 나는 계속 광고만 했으면 좋겠다는 생각을 하곤 했었다. CM송을 외우고 CF 배우의 연기를 따라 하며 놀았다. TV 광고는 볼거리가 풍족하지 않았던 그 시절의 오락거리 중 하나였다. 마치 지금의 유튜브처럼 말이다.

세월이 흘러 내가 변한 것인지, 세상이 변한 것인지, 오랜만에 본 TV 광고는 (약간 과장해서) 소름이 돋을 정도로 변해 있었다.

욕망과 거짓과 상술이 난무하는 느낌이랄까? 예전에 느꼈던 순박한 느낌을 찾기가 쉽지 않았다.

거리를 걷다 보면 쉽게 보이는 아파트나 오피스텔 분양 광고에서 찾아볼 수 있는 단골멘트 '단 하나의 프리미엄', '마지막 프리미엄' 자기만 프리미엄이고 나머지는 프리미엄이 아니란 말인가? 모두가 프리미엄을 외치지만 모두 '나만' 프리미엄이라고 말하고 있다.

'마지막 평당 900만 원대!' 라고 대문짝보다 훨씬 큰 현수막을 걸어 놓았는데, 몇 걸음만 걸어가면 다른 건물에 '합리적인 프리미엄 평당 900만 원'이라는 또 다른 문구가 바람에 펄럭이고 있다. 이것뿐만이 아니다. 값싼 인스턴트 음식에 정성과 시간을 듬뿍 담아 만들었다거나 당신의 건강까지 챙겼다는 식의 설명도 마찬가지다. 값싼 인스턴트 음식이 공장에서 대량으로 만들어, 합리적인 가격과 시간절약을 제공하는 대신 정성이 부족하고 건강을 챙기지 않는다는 것은 우리 모두 잘 알고 있다. 그럼에도 그들이 광고용으로 쉽게 써 놓은 글을 읽으면 화가 난다. 소비자를 조롱하는 기분까지 느껴질 때도 있다. 어디서부터 잘못된 걸까? 건전하고 담백한 것으로는 정말 부족한 걸까?

여전히 내가 잘못된 것인지, 세상이 잘못된 것인지 모르겠다.

순간순간들을 소중하고

감사하게 살아내고 싶다.

비록 괴로울 때가 있다 할지라도

굴하지 않고 끈질기게 말이다.

5장

충전의 시간

나에게 남아 있는 에너지가 20퍼센트 미만으로 떨어지면 몸에서 신호가 온다. 그땐 나름의 방식대로 충전하는 편이다.

일단 달달한 초콜릿이나 카라멜로 스타트를 끊는다. 초콜릿도 좋지만 두툼한 카라멜을 더 선호하는데 씹는 맛 때문이다. 카라멜을 질경질경 씹어 주면 스트레스가 풀리는 기분도 들어 좋다. 모리나가 아즈키(팥) 맛 카라멜이 단연 으뜸이다.

카라멜 다섯 개 정도 해치우고 나면 생기가 살짝 돌고 식욕도 조금 올라온다. 이때를 놓치면 안 된다.

하던 일을 멈추고 전기포트의 스위치를 누른다. 물이 끓는 동안 성스러운 의식을 준비한다. 컵라면의 뚜껑은 삼 분의 일만 뜯고 수프 봉지에 남아 있는 스프가 없도록 탈탈 털어 넣는다. 수프 봉지는 개봉 전에 가장자리를 잡고 흔들어줘야 제맛. 남은 시간에는 단무지를 귀여운 종지에 담는다. 라면에는 역시 단무지! 그중에서도 꼬들 단무지가 으뜸이다. 이제 물 붓고 3분만 기다리면 된다. 아직 먹지도 않았는데 벌써 맛있다.

다 먹고 나서 시원한 생수 한 잔 마시고 카라멜 하나 더 먹으면 충전이 되고 있는 게 느껴진다. 여기서 물러서면 안 된다. 더 먹어야 한다.

스낵 스낵 한 걸 먹었으니 이제 조금 더 묵직한 느낌의 것을 먹어볼까. 이럴 때 제일 만만하게 치킨이지. 짭조름한 간장양념을 시킬까? 진리의 후라이드를 시킬까? 스탠다드 양념도 맛있는데 뭐가 좋을까? 에잇 이럴 때 반반이다.

그리고 치킨이 오는 동안 해야 하는 중요한 세팅이 있다. 그동안 보지 못했던 영화나 TV 예능 프로그램 같은 걸 찾아 놓는 일이다. 치느님과 함께 감상하며 먹어줘야 한다. 채널을 찾다 보면 어느새 초인종 소리가 난다. 배달원으로부터 건네받은 봉지 위로 아직 살아있는 갓 튀긴 냄새와 모락모락 올라오는 따뜻한 온기. 그걸 느끼고 있는 지금의 나는 이미 충전완료다.

사랑할 수 있을까, 아파트

희은이와 나는 각자 스무 살이 되던 해에 독립했다. 일찍부터 독립해서인지 모르겠지만, 우리는 유난스럽게도 이사를 많이 다녔고, 지금까지도 이어져 오고 있다.

좁디좁은 오피스텔을 시작으로 도심의 오래된 주택에서도 살아보고, 둘이 살기 적당한 21평 정도 되는 아파트에서도 살아봤다. 텃밭과 마당이 있고 심지어 우리가 살았던 오피스텔보다 넓은 창고까지 딸린 남해의 시골집을 거쳐, 지금의 세련된 신식 아파트까지. 다양한 이사를 통해 집이라는 것에 대한 우리의 가치관은 점점 확고해져 갔다.

이사를 할수록 늘어만 가는 이사의 기술과 에피소드는 더는 갖고 싶지 않다. 집을 소유하는 것, 그리고 한 곳에 정착하는 것에 대한 열망이 점점 강해졌다. 이렇다 보니 우리의 대화 속에 집은 상당히 많은 부분을 차지한다. 둘이 집에 관한 이야기를 많이 하다 보니 자연스럽게 우리의 삶의 방식에 맞는 집이 어떤 집인지, 어떤 집에 살아야지 오래도록 정착하며 살아갈 수 있을지에 대해 구체적으로 알게 되었다.

'효리네 민박'에 나오는 그런 집에서 살면 행복할 것 같고, 누구나 그런 집과 환경을 꿈꾸겠지만, 현실은 녹록하지 않다. 아직 열심히 사회생활을 해야 하는 바쁜 현대인에게는 슬프지만 그런 멋진 집은 거추장스러울 뿐이다. (남해의 시간이 참 행복했지만 힘들었던 것도 어쩌면 이 때문일지도) 우리는 아파트 같은 형태의 주거시설을 좋아하지 않는다. 그렇지만 이야기를 쌓아갈수록 우리에게 가장 알맞은 대안은 늘 아파트였다.

그래서 내린 결론은 다음과 같다.

1. 우리가 가장 좋아하는 동네에 있는 아파트를 고를 것.
2. 아파트 내부는 우리 입맛대로 꾸밀 것.

사랑할 수 있을까.
높은 아파트

3. 이 안에서 최대한 낭만적으로 살 것.

4. 당분간 이사는 생각도 하지 않을 것.

5. 아파트 값이 오르고 내림에 연연하지 않을 것.

이 결론을 토대로 아파트를 찾는 것은 어렵지 않았다. 얼마 전에 김민철 작가의 《하루의 취향》 중 '어떤 선언' 이라는 꼭지를 희은이가 읽어줬다. 원하는대로, 내 취향대로 사는 것이 그 어떤 말보다 강력한 선언이 될 수 있다는 글이 볼수록 마음에 와 닿았다. 그 밖에도 집이라는 공간을 바라보는 가치관이나 선택하는 기준들이 우리와 너무 비슷했고, 심지어 상황마저도 닮아 있었다. 너무 신기하기도 했고, 우리가 틀리지 않았다는 생각이 들어 안심되기도 했으며, 우리도 할 수 있다는 용기도 생겼다. 잘 알지도 못하는 분인데 친구가 되고 싶다는 생각이 들었다. 언젠가 한 번쯤 만날 수 있다면 좋겠다.

상상을 현실로 만든다는 것

비교적 최근까지의 나의 삶을 돌이켜보니 늘 불안해하면서도 안일한 행동을 취하며 살아왔던 것 같다. 한마디로 우유부단하게 살았다는 뜻이다. 스스로 우유부단하다는 것을 알았던 것은 그 단어를 학교에서 배웠던 때였고, 우유부단한 나를 인정한 것은 30대가 시작될 무렵이었고, 받아들인 것은 30대 중반 즈음인 듯하다.

알고 있다는 것과 인정한다는 것의 차이, 그리고 그것을 받아들인다는 것의 차이는 생각보다 넓고 크며 깊다. 다른 이들은 모르겠지만, 적어도 '나'라는 인간에게는 그 차이가 삶과 가치관까지 조금씩 바꿔 놓을 정도였고, 그 조금씩이 쌓이고 쌓여, 지금의 나의 모습이 됐다.

내가 우유부단한 것을 알고만 있었을 때는 뚜렷한 꿈을 가져본 적이 없다. 막연한 꿈이야 있었지만, 그것이 온전한 의미의 꿈인지 환경에 의해 만들어진 꿈인지를 몰랐다. 그저 우유부단하게 살았다.

'어떻게든 되겠지.'라는 생각으로 눈앞에 닥친 여러 가지 삶의 문제들을 풀거나 해결하지 않았고, 순간의 위기만을 모면했다. 결국, 이런 임기응변들은 풀어야 할 문제만 잔뜩 누적시켰고, 나중에는 그 현실 앞에 무릎을 꿇을 수밖에 없게 만들었다. 어두워 보인 것인지, 어두운 건지는 직접 그 어둠으로 들어가보면 명확해질 텐데 그러지 못했다.

이런 무책임한 시간이 인생에 있어서 가장 빛나야 할 순간들을 초라하게 만들었다. 우유부단과 게으름의 콜라보레이션으로 만들어낸, 거지 같았던 나의 소중한 시간을 돌이켜보면 (그때에 비하면 조금은 안정된) 지금도 그 시간이 참 아깝다. 하지만 다행스럽게도 십수 년 인생 삽질의 보상으로 우유부단함과 게으름을 이길 수 있는, 아니 이길 수 있다기보다는 두 성질에 맞설 수 있는 기질 1그램 정도가 생겼다.

보잘것없을 줄 알았던 1그램이었지만 마치 운동을 하면 계속해서 발달하는 근육처럼 그 기질은 조금씩 성장해서 마침내 내 안에 있던 강하고 나쁜 우유부단, 게으름과 싸울 수 있는 형태가 되었다.

이때부터 나는 참 열심히 움직였던 것 같다. 오해할까 싶어 미리 말하지만, 우유부단함과 게으름을 완전히 정복한 것은 아니다. (이건 천성이니 다시 태어나기 전까지는 바꾸기 힘들것 같습니다.) 문자 그대로 뭐든지 열심히 했다. '열심'이란 단어를 사전에서 찾아보니 '어떤 일에 온 정성을 다하여 골똘하게 힘씀. 또는 그런 마음'이란다. 단어 그대로 열심히 일하고, 열심히 생각하고, 열심히 놀고, 열심히 자고, 열심히 먹었다. 생각만 하고 행동하지 않고 가만히 걱정만 하고 있을 때보다 삶의 모든 것에 열심을 더했더니, 그 열심의 열매들이 생기기 시작했다.

열심히 놀았더니 재밌었고,
열심히 먹었더니 살이 쪘고, (55킬로그램 정도밖에 나가지 않았던 저에겐 축복입니다.)

열심.

열심히 잤더니 건강해졌고,

열심히 생각했더니 삶의 가치가 높아졌으며,

열심히 일했더니 즐거웠다.

참 묘한 일이다. 열심을 더하기 전과 후나 주변환경은 똑같았다. 이래저래 한숨만 나오는 상황은 변하지 않았다. 변변찮은 내 살림살이가 나아진 것도 아니고, 로또 1등에 당첨된 것도 아니고, 억대연봉을 받으며 주 4일 근무하는 꿈의 직장에 취직된 것도 아니다. 구질구질한 반지하의 단칸방 인생은 변함이 없었다. 변한 것은 나의 마음가짐 하나뿐인데 묘하게도 많은 것이 달라 보였고 실제로 아주 조금씩이었지만 환경과 상황도 변하기 시작했다.

변화를 일으켜 내는 것은 힘들었지만, 변화가 시작되니 근거 없었던 '어떻게든 되겠지', '잘될 거야'에 가능성이 더해지는 기분이었다. 비록 보잘것없이 초라한 모양의 가능성이라 할지라도 켜켜이 쌓이면 힘이 생기기 마련이다.

상상을 현실로 만든다는 것은 사실 간단하다. 현실로 만들기 위해서 상상했던 것들을 조금씩 실천하면 된다.

사실 말이야 쉽지. 실천을 방해하는 요소들이 참 많다. 그중에서 가장 큰 것은 단언컨대 '돈' 이나 '상황' 같은 녀석들이 아니라 바로 '자기 자신'이다. 할 수 없다고 생각하는 마음이 가장 큰 방해꾼이다. 그러니 내가 그랬던 것처럼 당신도 시작하면 어떻게든, 된다. 나는 특별한 사람이 아니다. 여전히 갈팡질팡하고 우유부단하고 찌질한 사람이다. 하지만 그럼에도 나의 상상들을 현실로 만들기 위해 작은 것부터 조금씩 열심을 더해 실천에 옮기고 있다.

청개구리 심보

나는 하고잡이*라 그런지 항상 하고 싶은 게 다양하게 많았다. 하지만 '무엇을 하고 싶다.'라는 것은 그 무언가를 지금은 할 수 없는 상태일 때 더 크게 일어난다. 사람이라는 게 할 수 없으면 더 하고 싶다. (저만 그런 것은 분명 아닐 겁니다.) 그런데 정작 할 수 있을 때가 되면, 또 안 하게 된다. (이건 저만 그럴지도) 정확하게 말하자면 미뤄 버린다. 그러다 또 하기 힘든 시기가 오면, 굳이 꾸역꾸역 하고야 만다. 이건 도대체 무슨 심리일까?

지난봄과 여름에 있었던 일이다. 남해에서 부산으로 이주하기 전인데, 그 당시의 나는 도시의 문물들이 그리웠다. 남해에서는 워낙 누리지 못했던 도시의 문물들이라, 그리움을 넘어

● 뭐든 하고 싶어하고 일을 만들어서 하는, 일 욕심이 많은 사람

190

로망과 욕망으로 뒤덮여 있는 상태였다. 그 중 가장 하고 싶은 것은 단연 먹거리, 운동(등산, 헬스)이었다. 먹거리는 제쳐놓고 운동에 관한 것만 이야기하자면, 부산으로 이사하면 무슨 운동이든 간에 해야겠다 싶었다. 운 좋게 이사 갈 집 인근에 유명한 큰 산도 있었고, 이사갈 아파트에는 주민이 자유롭게 이용할 수 있는 헬스장도 운영하고 있었다. 두 가지 모두 꼭 하고 싶었던 터라 그동안 목말랐던 운동에 대한 갈증을 제대로 풀 수 있겠다는 생각이 들었다.

운동할 수 있다는 기쁨에 즐겁게 이사를 마치고 난 후 (이렇게 얘기하니 운동을 정말 좋아하는 사람 같지만, 사실 운동 보다는 하고 싶었던 것을 할 수 있다는 마음에 기쁘고 즐거웠던 것이니 오해하지 마시길) 속초로 짧은 휴가를 갔다. 앞으로의 호기로운 등산 생활을 위한 의식처럼 설악산의 등산코스 하나를 정복하고자 함이었다. (저는 등산 초보입니다.) 많은 남자가 그렇듯 (미안합니다. 남성 여러분) 나 역시 장비 병이 있어서 '설악산(초심자입장에서 설악산은 마치 에베레스트 같은 장엄함이 느껴졌습니다만 어디까지나 제가 그랬다는 이야기입니다.) 가는데 츄리닝 바지 입고

청 개 구 리

갈 순 없잖아'라는 생각으로 세심하게 고른 등산복과 가방을 챙겨 설악산으로 떠났다. 설악산 입구 주차장에서 울산바위까지 가는 코스를 선택했다. '이것을 시작으로 앞으로는 적어도 일주일에 한 번은 꼭 등산을 가리라'는 다짐과 설렘으로 그렇게 등산을 시작했다. 이때가 4월 20일 경이었다. 의식 같았던 설악산 등산을 무사히 마치고 나니 '동네 뒷산쯤이야.' 하는 자신감이 생겼다.

그런데 그토록 하고 싶었던 것이, 할 수 있는 환경이 되자 실천으로 옮겨지지가 않았다. 프리랜서인 관계로 비교적 시간이 자유로워서 마음만 먹으면 언제나 할 수 있는데, 할 수 있는 상황이 되니 또 하지 않게 된 것이다. 남해에 있을 땐 마땅히 등산할 곳이 없었지만, 지금은 걸어서 5분도 안 되는 거리에 등산로 입구가 떡 하니 자리 잡고 있는데도 기어코 하지 않았다. (절대 귀찮아서 안 간 게 아니에요. 덧붙이자면, 이런 상황이 흔하므로 장비병도 될 수 있으면 고쳐야 합니다. 물론 가능하다면 말이죠.) 이 상태로 두 달 정도의 시간이 흘렀다. 두 달이 지나자 여러 가지 프로젝트들이 많아졌고, 무척이나 바쁜 상태가 되어 버렸다. 그 탓

에 순수하게 나를 위해 사용할 수 있는 시간이 고작 토요일 반
나절 정도밖에 남지 않았다.

그 상태가 되어서야 나는,
꾸역꾸역 등산복을 챙겨 입고 밖으로 나갔다.

아, 이건 도대체 무슨 심리란 말인가.

기우

어렸을 땐 상당히 마른 편이었다. 병무청에서 신체검사를 했을 당시의 몸무게가 50킬로그램도 채 되지 않았을 정도였다. 당시의 나는 재수 없게 들릴 수도 있겠지만 살찌는 게 소원이었다. 거울 속에 비친 말라 비틀어진 내 몸을 보는 게 싫었다. 그래서 야식을 먹는다든지, 먹고 바로 누워 버린다든지, 온종일 굶다가 폭식을 한다든지 하는 식으로 살이 찔만한 행동들은 모두 다 해봤다. 하지만 몸무게는 늘 요지부동이었다.

남녀노소를 막론하고 나를 보자마자 하는 첫마디 대부분은 "살 좀 찌셔야겠어요."라는 뉘앙스의 말들이었고 계속해서 이런 말들을 듣다 보니 비쩍 마른 내 몸뚱어리는 점점 콤플렉스로 변해갔다. 그시절의 나에게 음식이란 그저 배고픔을 달래주거나 에너지를 보충해주는 수단 정도에 불과했다.

그런데 희은이라는 사람을 만나게 되면서 그저 그런, 마치 사료 같았던 음식들이 함께하는 소중한 식사가 되었고, 삶의 소중한 일부분이 되었다. 나이가 들면서 기초대사량이 떨어졌다든지 하는 신체의 변화도 있었겠지만, 음식에 대한 마음가짐이 달라지자 몸무게는 놀랍게 변했다. 현재는 정상수치를 넘어 다이어트를 해야 할 지경에 이르렀다.

최근 우연히 들렀던 관공서에서 '인바디'를 체험했다. 영원히 말라깽이로 살 것 같았던 지난날을 회상하며 이제는 다이어트에 대한 결의를 불태운다.

추신
살이 안 찐다고 걱정하시는 분들이 있으시다면 너무 걱정하지 마세요. 나이 먹고, 많이 먹고, 운동 안 하면 틀림없이 찔 거에요.

나는 미역이 싫다

대한민국 사람 중에서 미역이라는 음식재료를 못 먹는 사람은 거의 없을 것이다. 미역은 탄생이라는 것과 연관이 깊어서인지 누구에게나 한가지씩의 추억은 깃들어 있을 것만 같은 재료다. 생일 아침, 어머니가 손수 끓여주신 미역국을 생각하면 정겹기도 하고 아련하기도 하다.

보통은 이래야 하는데, 나는 미역이 너무 싫다.

미역의 향만 맡아도 헛구역질이 날 때도 많다. (지금은 그나마 나아져서 헛구역질까지는 하지 않습니다.) 그래서 내가 미역을 먹는다는 것은 상상할 수 없는 일이다.

지금껏 살아오면서 수백 수천 그릇의 미역이 들어간 음식을 정중히 거절해 왔고, 그 뒤에 따라오는 유쾌하지 않은 시선과 이해할 수 없다는 표정들을 감내해야 했다.

'살다 살다 이런 편식쟁이는 처음이야!'라고 말하고 있는 것 같은 얼굴을 볼 때면 부끄러워서 귀가 빨개지곤 했다. 요즘에야 가려 먹는다고 핀잔을 주는 사람도 별로 없고, 그런 것들이 크게 '흉' 이 되진 않지만, 예전에는 가능하면 숨기고 싶은 흠집 같은 것이었다.

"어떻게 미역을 못 먹을 수가 있어요?"라며 도저히 이해할 수 없다는 말을 들을 때면 '당연히 못 먹을 수도 있지' 라는 생각이 들었지만 그래도 그들을 이해시키기 위해 애를 썼다. 하지만 아무리 노력을 해도 상대방은 '그래도 나는 이해되지 않아. 편식쟁이야'라는 얼굴을 한 채 '네…. 뭐, 그럴 수도 있겠네요.'라고 영혼 없이 말하곤 했다. 그럴 때면 나는 종종 치욕감을 느끼곤 했다. '그러는 너희도 못 먹는 게 있을 거 아니야'라는 생각과 나를 이해하지 못하는 상대방의 편협한 마음과 사고방식을 속으로 원망했다.

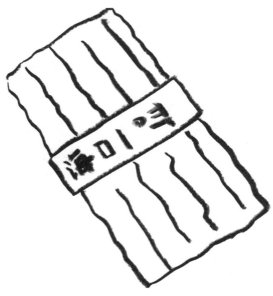

이별이 싫어요.

최근에 있었던 일이었다. 오랜만에 조카를 만나 함께 밥을 먹었다. 그런데 조카가 김치를 못 먹는다고 말했다. 그런 조카를 향해 나도 모르게 이렇게 말했다.

"왜? 김치를 못 먹어?
어떻게 김치를 못 먹을 수가 있지?"

결국, 나도 똑같은 사람이다.

돈. 돈. 돈.

간혹 머리가 복잡하거나 아무런 생각도 하기 싫을 때면 스마트폰 속의 게임을 하곤 한다. 일종의 현실도피라고나 할까? 단순하지만 중독성 강한 게임을 하면 짧은 시간이나마 세간살이 고민들을 모두 잊을 수 있어 합리적인 현실도피처로 그만이다.

요즘 우리 가정의 핫이슈는 '꿈에 그리던 내 집 마련'이다. 비록 금융권의 도움을 받아야 하지만 조금만 더 열심히 일하면 변두리의 작은 집은 살 수 있다는 희망이 보이기 시작했기 때문이다. 그렇다 보니 자연스럽게 '돈'에 대해서 이야기를 많이 나눈다.

이사를 하려면 얼마가 더 있어야 한다는 둥, 돈이 많이 들더라도 인테리어는 멋지게 하고 싶다는 둥, 싱크대는 좋은 걸 하겠다는 등의 계획을 장황하게 늘어놓고 나면, 결론은 항상 돈이 부족하니 더 벌어야겠다는 식으로 끝이 난다.

부족한 액수만큼의 돈을 벌려면 일을 더 많이 해야 하는데 그만큼의 일이 들어오기는 할까? 몇 월 며칠에 이사하려면 겨울쯤에는 일이 들어와야 할 텐데, 라는 식의 고민이 늘 함께 오곤 한다. 내 의지로 해결할 수 없는 고민이 쌓이다 보니, 도피처를 찾게 되고 그래서 요즘 부쩍 게임을 하게 된다.

보통 취침 전 십여 분 정도면 충분했는데, 최근 들어 하루의 중간마다 틈이 생기면 주저 없이 게임 스타트 버튼을 꾹 누르고 현실도피를 시도한다. 게임을 하는 시간이 늘어나다 보니 자연스럽게 게임을 하는 목적이었던 '잠시 휴식' 이 점점 다른 형태로 변하기 시작했다.

더 잘하고 싶었다. 그 마음을 충실하게 이행했더니 어느덧 게임에 푹 빠져 버렸고 더욱더 높은 점수를 획득하기 위해 좋은 아이템이 필요해졌으며 아이템을 사들이려 게임머니를 모으고

돈 · 돈 · 돈 .

있는 지경까지 이르렀다. 미간에 주름을 잔뜩 세우고 게임머니를 모으기 위해 전전긍긍하는 모습을 바라보던 희은이는 소리 없이 스마트폰을 들어 사진을 찍었다.

사진 속의 내 얼굴은 편안한 모습으로 게임을 즐기기보다는 돈과 삶에 찌든 폐인 같아 보였다. 돈 생각에 머리 아파 시작한 게임이었는데 그 속에서도 돈과 씨름하고 있는 이 우스꽝스러운 상황.

'내 집 마련'이 최우선이었는데 마음에 평화와 여유를 찾는 것이 더 시급한 것 같다. 집이고 나발이고 아무래도 일을 줄이든지 휴식을 취하든지 해야겠다.

한때는 신세대

'하하하핫'보다 '하하하학'이 더 재미있는 느낌이 든다는 희은이의 말에 '하하하학'보다는 '하하하핳'이 더 웃긴 거 같지 않으냐고 말을 하고선 "하하하핳은 너무 요즘 말 같지 않아?"고 물었다.

키득거리며 희은이는 "요즘 말이란 말이 너무 옛날 말 같아. 마치 신세대처럼"하고 답했다. '요즘 말', '신세대'라는 말이 구식처럼 들리는구나 싶었다. 뜬금없이 늙어 버린 것 같은 기분이 들어 '급 우울'해졌다.

늙어 보이지 않으려 '급 우울'이라는 단어를 썼지만 이조차도 억지스러움이 느껴진다. 어쩔 수 없는 것은 어쩔 수 없나 보다. 나도 한때는 신세대였는데…….

나도 신세대였다.

용돈 밀당

명절이 오기 전 엄마로부터 전화가 왔다. 바쁜 시간에는 가족이나 친구의 전화는 잘 받지 않는 편인데, 엄마의 전화는 될수 있으면 받으려고 노력하는 편이다. 반대로 휴일이나 일이 없을 때는 다른 가족이나 친구의 전화는 잘 받는 편이지만 엄마의 전화는 잘 받지 않는다. 나는 엄마에게 항상 이런 식이다. 하여튼, 명절을 앞두고 마감이 몰려 정신없는 와중에 엄마의 전화를 받았다.

"아들, 어떻게 사노? 얼굴 까먹겠다. 밥은 먹고 일하나?"
"밥 먹고 일하지. 엄마는 별일 없제? 엄마 내 지금 바쁘다. 좀 있다 전화할게."
하며 끊으려는 순간 수화기 너머로 들려오는 엄마의 머쓱한 목소리.

"이번 명절 때 용돈 좀 많이도. 요즘 돈이 없다."

"얼마?"

"○백만 원만 도"

"뭐? ○백만 원? 무슨 용돈을 ○백만 원이나 달라고 하노?"

"아니, 백만 원만 달라고."

"아 백만 원, 알았다. 생각해보고."

엄마가 부탁한 백만 원을 분명 드릴 텐데도 이상한 반발심이 들어 생각해 본다는 식으로 이야기했다. 나는 친구나 지인에게 밥을 사거나 선물을 주거나 할 땐, 망설임 없이 돈도 잘 쓰고, 내가 가진 물건들을 스스럼없이 남에게 주기도 하는, 이를테면 퍼주는 스타일인데 유독 엄마한테 만큼은 호락호락 잘 내어주질 않는다. 명절이 다가올수록 어떤 식으로 용돈을 드려야 엄마에게 짓궂게 할 수 있을까 고민을 한다.

이를테면, 구십구만 원을 줄까? 라던지, 백만 원을 주면서 "차에 기름 없어. 기름 넣게 삼만 원만 줘!"한다든지, "아. 깜빡하고 봉투 안 들고 왔다. 바쁜 거 끝나면 갖다 줄게"라든지, 어

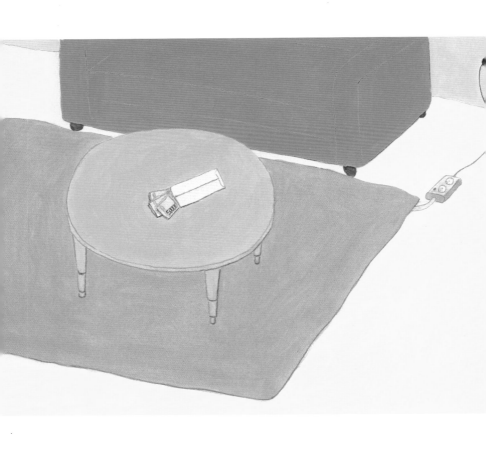

떤 식으로 주면 얄미울까를 연구한다.

결국은 그냥 내어줄 거면서 항상 이런 식이다. 옆에서 지켜보던 희은이는 "왜 오빠는 엄마한테 그렇게 모질어?"라고 물었다. 그 질문에 명확한 답보다는 "나도 잘 모르겠어. 이상하게 엄마한테 만큼은 호락호락하고 싶지 않은 마음이야."라고 말했다. 그렇다고 내가 엄마를 미워하거나, 둘 사이에 문제가 있는 것도 아닌데 말이다. 희은이의 말을 듣고 생각에 잠겼다.

엄마는 평생 일을 하느라 항상 바빴고, 엄마의 관심이 필요했던 유년시절의 나는 그 관심을 제대로 받지 못했다. 고등학교 졸업을 앞둔 시점에서 대한민국에 IMF라는 위기가 찾아왔고, 우리 집 경제는 와르르 무너졌다. 내 의지와 상관없이 독립해야 했고, 그 여파로 미래에 대해서 고민하고 공부해야 할 나이에 돈과 사투를 벌이며 살아왔다. 모든 것이 엄마 때문이라고 생각했다. 아마도 이때부터 엄마를 향한 반항심이 생겼던 것 같다. 세월이 더 흐르고 난 뒤에야 우리 가정을 괴롭혔던 모든 상황이 엄마의 의지와 상관없이 만들어졌다는 걸, 그래서 엄마도 많이 힘들었다는 걸 알게 됐지만. 반항심인지, 저항감인지, 아니면 어릴 때 부리지 못한 어리광인지, 아무튼 그런 것들이 계속 남아있다.

아마도 용돈 밀당 같은 쓸데없는 행동들은 이런 감정에서 비롯된 것은 아닐까 싶다. 마음의 평화를 찾고, 오만 원짜리 스무 장이 든 봉투를 들고 집으로 갔는데, 오랜만에 본 엄마의 모습이 예전 같지 않은 것 같아서 속이 좀 상했다. 멋지고 쿨한 엄마였는데 말이다. 엄마한테 잘해드려야겠다.

새해에는

식상한 표현이지만 시간은 참 빠르다. 에어컨 없이는 한 시간도 버티기 어려웠던 지난해의 더위도 약간 과장해서 말하자면 아련할 지경이다. 요즘은 아침, 저녁으로 제법 쌀쌀하다. (지금 저의 시간은 10월 중순입니다.) 하지만 곧 얼어붙을 듯 추워지고 어느덧 새해를 맞이하겠지. 새해의 나는 또 어떤 다짐을 할까. 그때가 되면 어떤 기분이 들진 모르겠지만, 지금의 나는 소소한 일상의 순간들을 누리고 싶다.

아침에 눈을 떴을 때 잠에서 덜 깬 부스스한 희은이를 보는 순간, 흐트러진 모습으로 커피를 마시며 간밤의 안부를 나누는 순간, 함께 음식을 준비하고 식사를 하며 음식의 맛을 느끼는 순간, 도란도란 이야기하며 산책을 하는 순간, 각자의 자리에서 맡은 일을 차근차근 해 나가는 순간, 일과를 마치고 그날의 일들을 이야기하는 순간….

그 순간순간들을 소중하고 감사하게 살아내고 싶다.

비록 괴로울 때가 있다 할지라도 굴하지 않고 끈질기게 말
이다.

2019.   새벽.

순간순간들을 소중하고 감사하게

남해에서 그리 오랜 시간을 보냈던 것은 아니지만,
어찌나 강렬한지 고향인 부산으로 돌아온 지금이 마치
고향을 떠나 타지로 온 것 같은 착각이 든다.

고향의 향수를 그리워하는 사람처럼 문득문득
그 시절의 장면들이 예고도 없이 스윽 스며든다.

* 아무도 없는 시골 길을 걸으며 함께 나눈 대화 속에서 서로 더 알아가고 이해할 수 있었던 시간, 아침을 깨우는 알 수 없는 다양한 자연의 소리, 풀냄새, 흙냄새, 상쾌한 공기, 기분 좋은 햇살, 아름답게 빛나는 별들과 달빛……

우리가 살던 정남향의 시골집은 주변에 높은 건물이 없어
날씨가 좋은 날에는 햇볕이 정통으로 내리쬐었다.

무더운 여름날, 작은 차에 온갖 장비를
꾸역꾸역 싣고 캠핑하러 다녔다.

＊ 할아버지, 할머니가 되어도
우리가 좋아하는 것들을
계속할 수 있었으면 좋겠다.

좋아하는 일을
계속해보겠습니다

초판 1쇄 인쇄 2019년 2월 4일
초판 1쇄 발행 2019년 2월 22일

글·그림 키미앤일이

펴낸이 김남전
기획·책임편집 서선행 | 디자인 정란
마케팅 정상원 한웅 정용민 김건우 | 경영관리 임종열 김하은
콘텐츠 연구소 유다형 이정순 박혜연 정란

펴낸곳 ㈜가나문화콘텐츠 | 출판 등록 2002년 2월 15일 제10-2308호
주소 경기도 고양시 덕양구 호원길 3-2
전화 02-717-5494(편집부) 02-332-7755(관리부) | 팩스 02-324-9944
포스트 post.naver.com/ganapub1 | 페이스북 facebook.com/ganapub1
인스타그램 instagram.com/ganapub1

ISBN 978-89-5736-998-2 03810

가나출판사는 당신의 소중한 투고 원고를 기다립니다. 책 출간에 대한 기획이나 원고가 있으신 분은 이메일
ganapub@naver.com으로 보내 주세요.